MATIN BLÊME à Rosporden

Aux Éditions Alain Bargain

Dans la collection
® *ENQUÊTES ET SUSPENSE :*

Philippe-Michel Dillies
- Meurtres à Monnaie *(épuisé)*
- Chasse à Tours *(épuisé)*
- Train d'enfer pour Saint-Pierre-des-Corps
- Les roses noires de Chartres
- Du raisiné à Vouvray
- Partie truquée à Descartes
- Embrouille à Amboise *(épuisé)*
- L'écheveau de Blois
- Anicroches à Loches
- Murmures en Saumur
- Les plumes noires de St-Cyr-sur-Loire
- Clash à Tours

Patrick Bent
- Erquy profite le crime *(épuisé)*
- Le macchabée du Val-André *(épuisé)*
- Saint-Cast priez pour eux ! *(épuisé)*
- Hécatombe à Saint-Malo
- Nuit noire à Dinard *(épuisé)*
- Algues fatales à Erquy *(épuisé)*
- Rock'n'Roll à Lamballe
- Pluie de fiel sur Fréhel
- Arnaque à Erquy

Vincent Cabioch
- 5 Diables Verts à Huelgoat

Alain Couprie
- Ça chauffe à Roscoff *(épuisé)*
- Pas d'oignons pour le Léon
- La Mutilée de Saint-Renan
- Drague folle à Lannion

Gérard Croguennec
- Voile épais au Conquet
- Brest, Abri 668
- Morlaix en eaux profondes
- La martyre du Conquet

Christophe Chaplais
- Pâté de Corbeau aux amandes amères *(épuisé)*
- Le calisson jusqu'à la lie
- Farz aux herbes de Portsall
- Addition salée au Croisic
- Salade russe aux noix de Grenoble *(épuisé)*
- Fourchette mortelle à Chinon *(épuisé)*
- Soupe de Crabes à Brest *(épuisé)*
- La face cachée des Étoiles *(épuisé)*
- Mélodie gourmande à Guérande

Jean-Pierre Farines
- Brume sur la Presqu'île *(épuisé)*
- La route de Rocamadour
- Le Phénix est mort à Camaret
- Cercueil vide en Mer d'Iroise

Aux Éditions Alain Bargain

® *Dans la collection* ***POL'ART :***

Serge Le Gall
- Sombre dessein à Pont-Aven
- Meurtres du côté de chez Proust *(épuisé)*
- Eaux-fortes à Ste-Marine *(épuisé)*
- Ciel rouge au Pouldu *(épuisé)*

Loïc Gourvennec
- Le râle du basson *(épuisé)*

Yves Horeau
- Monsieur Butterfly *(épuisé)*

Renée Bonneau
- Nature morte à Giverny *(épuisé)*
- Séquence fatale à Dinard *(épuisé)*
- Sanguine sur la Butte *(épuisé)*

Stéphane Jaffrézic
- Toiles de fond à Concarneau
- Le Rubis de Châteauneuf-du-Faou *(épuisé)*

Aux Éditions Alain Bargain

Dans la collection
ENQUÊTES ET SUSPENSE :

Serge Le Gall
- La secte de l'Aven *(épuisé)*
- Sables mouvants à Bénodet *(épuisé)*
- La Douarneniste et le Commissaire *(épuisé)*
- Corps-mort à l'Île-de-Batz *(épuisé)*
- Traque noire à Audierne *(épuisé)*
- Fugue mortelle en RÉ *(épuisé)*
- Le moine rouge de Carantec *(épuisé)*
- La Sirène de Port Haliguen *(épuisé)*
- Coup fourré dans les Mts d'Arrée *(épuisé)*
- Vagues à lames à Noirmoutier *(épuisé)*
- Dépression sur les Glénan
- Belle-Île "Amère" *(épuisé)*
- Calvaire à Plougastel-Daoulas *(épuisé)*
- Course-poursuite sur l'Aven
- Cible ultime dans les Montagnes Noires
- Rouge baiser de Crozon *(épuisé)*
- Sac de nœuds à Trévignon
- Retour coupable à Pont-l'Abbé *(épuisé)*
- Quiberon Enrage *(épuisé)*
- Secrets salés à Fouesnant
- Fausses notes à Larmor-Plage
- Jeux de drames à Douarnenez
- Nature morte à Pont-Aven
- Châtiment à Port-Launay
- La belle endormie de Port-Manech
- Matin blême à Rosporden

Michèle Corfdir
- Le Crabe
- Mortel Hiver sur le Trieux
- Chasse à corps à Bréhat
- Larmes de fond *(épuisé)*
- Vent contraire à Loguivy-de-la-Mer
- Herbes amères à Belle-Isle-en-Terre *(épuisé)*
- Il court, il court, le furet des Abers *(épuisé)*
- Fest-Noz sur le Nil
- Eau dormante en Trégor *(épuisé)*
- Nuits assassines à Paimpol
- Crime à l'Armoricaine *(épuisé)*
- Vendredi noir sur l'Arcouest
- Sueurs froides sur le Goëlo
- Baignade clandestine à Bonaparte

Martine Le Pensec
- Onde de choc sur Fermanville
- Angoisse sur Penmarc'h *(épuisé)*
- Lumière noire sur la Penfeld
- Printemps funeste à Brest
- Treizième lune à Concarneau
- 32 octobre à Roscoff *(épuisé)*
- Terminus à Lannilis *(épuisé)*
- L'Enfer de Plogoff
- Alerte rouge à Brest *(épuisé)*
- Bad Trip à Lorient
- Le Cobra de Brest
- Le Mouton noir de Roscoff
- Sang pour sang à Recouvrance
- Amnésie sur Quimper

Catherine Schubert
- Odeur de sang à Penvénan

Séverine Le Corre-Mongin
- Drame en Morbihan

Bernard Larhant
- Quimper sur le gril
- Douarnenez, piège à Mouettes
- Les Galets de Tréguennec
- Les bas-fonds de Quimper
- Pas de pardon à Locronan
- Un pavé dans La Loire
- Psychose sur Bénodet
- Sang d'encre au Mans
- La Torche entre deux eaux
- Du Pastis dans l'Odet
- Les Ombres du Rennes-Quimper
- La Madone du Faouët
- Effet domino à Concarneau
- Le Môme de Fouesnant
- Hors la loi à Groix
- Omerta Bigoudène
- Alliance explosive à Audierne
- Jeux pervers à Quimper

Jean-Michel Arnaud
- Cavale à Brest
- Blues en Rafale à Landivisiau
- Le bagad bombarde à Quimper
- Loto létal dans le Léon
- Fresque de sang sur le Ponant
- Lettres mortes à Lannilis
- Lame scélérate à Morgat

Aux Éditions Alain Bargain

Dans la collection
ENQUÊTES ET SUSPENSE :

Gisèle Guillo
- Dernier rendez-vous à Vannes
- Du Léman au Morbihan *(épuisé)*
- Tempête à Quiberon
- La Belle de Carnac *(épuisé)*
- Le Saigneur de Quimper
- Vol de pigeons à Arradon *(épuisé)*
- Cash-cash au Crouesty *(épuisé)*
- Le Diable noir de Saint-Cado
- Clair-obscur à l'Île-aux-Moines *(épuisé)*
- Port-Louis, les ombres de la citadelle
- La Maison au bord du Golfe
- Les Amants Terribles de La Trinité
- Étel coupable ?

Simone Ansquer
- Téviec, le Secret *(épuisé)*
- Aux tours de La Rochelle
- Grain de sable à Saint-Pierre-Quiberon
- Le mystère de la Cathédrale de Vannes *(épuisé)*
- Carnac, les menhirs disparus
- Bons baisers de l'île de Houat
- Nuit d'Enfer à Quiberon

Marie Vaillant
- Chantage Bigouden
- Les corps mourants de Plozévet
- Vague blanche au Pouldu
- Malaise sur la côte lorientaise
- Vie de château à Pont-L'Abbé

Élisabeth Mignon
- Fontaines mortelles à Quimper
- Jardins funèbres en Cornouaille
- Déferlantes au Guilvinec

Bernard Enjolras
- Îlot mortel à Trégastel
- 3 petits singes en Côtes-d'Armor *(épuisé)*
- Mauvais sorts dans Le Trégor
- Micmac à Ploumanac'h
- Sale temps sur Penvénan
- Jeu d'échecs à Perros-Guirec
- Guêpier à Tréguier
- Jackpot dans le Léon
- Requiem à Paimpol
- Escale à Cancale

Jacques Minier
- Traque mafieuse à Saint-Malo

Jean-Louis Kerguillec
- Carantec à corps perdu
- Enlèvement en Baie de Morlaix
- Mauvaise passe sur l'île Callot
- Les Amours Noires du Léon
- Le disparu du Taureau
- Frai*zh* Connection

Michel Courat
- Ça meurt sec à Locquirec
- Marée rouge à Plestin-Les-Grèves
- Coup de grisou à Pleumeur-Bodou *(épuisé)*
- Mort en vrac à Morlaix
- Sauvage farandole à Paimpol *(épuisé)*
- Mise à mort en Bretagne nord
- Masques de Terreur à Lanmeur
- Été meurtrier à Tréguier
- Le raisin coule à Lesneven
- Le Diable s'invite à Locquirec
- Morts à gogo à Plouguerneau
- Morlaix, TERminus !
- Les dessous de Plougasnou
- Granite écarlate

Rémi Devallière
- L'esprit d'Hoëdic
- Calculs sévères à Saint-Nazaire
- Sacré bidule à Pornichet
- "Pari" au mois d'août
- Piriac et son caillou mystérieux

Stéphane Jaffrézic
- Chili-Concarneau
- Ville bleue et beaux dégâts *(épuisé)*
- Disparitions en Pays Fouesnantais
- Tri Yann Tro Breizh
- Vengeances croisées à Nantes
- Escale forcée à Brest
- Dolmens sanglants en Bigoudénie
- Escapade à Landerneau *(épuisé)*
- Le mauvais fils de Guidel
- Murder party à Quimper
- Rendez-vous raté à Quimperlé
- La Korrigane de Concarneau

Jean-Jacques Égron
- Marais mouvant dans le Golfe
- Tracto Breizh
- Embruns toxiques sur Lorient
- Les Privés du Croisic

Serge LE GALL

MATIN BLÊME à Rosporden

Collection

ENQUÊTES & SUSPENSE

Quadri Signe - Editions Alain Bargain
125, Vieille Route de Rosporden - 29000 Quimper
E-mail : contact@editionsalainbargain.fr
Site Internet : www.editionsalainbargain.fr
Facebook : https://www.facebook.com/editionsalainbargain

Cet ouvrage de pure fiction n'a d'autre ambition que de distraire le lecteur. Les événements relatés ainsi que les propos, les sentiments et les comportements des divers protagonistes n'ont aucun lien, ni de près ni de loin, avec la réalité et ont été imaginés de toutes pièces pour les besoins de l'intrigue. Toute ressemblance avec des personnes ou des situations existant ou ayant existé serait pure coïncidence.

PROLOGUE

Un éclair bleuté traversant l'azur d'un matin sans nuages.

On dirait une sorte de signal.

Bref, unique, métallique et froid.

Comme une sentence de justice.

Peut-être.

C'est certainement un trait de lumière, parti de l'autre côté de l'étang où le jour nonchalant s'étire au réveil. Le moment idéal là-bas le long des arbres. Le soleil rasant a dû accrocher quelque chose au-delà des légers bancs de brume qui s'effilochent au-dessus de l'eau tranquille de l'étang.

Mare aux canards ou mare au diable ! C'est selon…

Pour les uns, c'est un moment calme et serein, apprécié des solitaires ou des esseulés. On a tout le loisir d'échanger avec soi-même des choses intimes qui n'intéressent personne d'autre. Tous ces actes manqués qu'il ne sera jamais possible de transformer en bonheur. Parce qu'il s'est enfui…

Ou croire encore à des choses, chercher à les réaliser.

Et puis, échafauder, c'est composer, créer, construire. Rêver certainement et essayer. Oui essayer.

Pour d'autres, c'est bousculer, saisir et prendre avant de s'approprier. C'est le moment où l'on se sent maître du monde puisqu'il n'y a personne pour vous contredire. Jusqu'au jour où…

Et puis courir aussi et marcher. Ça muscle les neurones, ça nettoie les esprits chagrins des nuits en dents de scie où l'oreiller que l'on malmène est rendu responsable d'un repos chaotique. Ensuite il faut embrayer sur une journée de travail, tenter de régler des problèmes sans solution, espérer des avenirs à s'ouvrir enfin. L'amour parfois.

Ce n'est pas toujours le moment des causes perdues. C'est aussi celui de l'embellie que tout un chacun espère voir se lever dans un petit matin superbe.

Ce joggeur-là aime bien ces matins blêmes où le temps accepte de marquer une pause. C'est le rythme de la nature, pas celui des hommes. Pas certain qu'il se gave déjà d'états d'âme. Il sera bien temps, tout à l'heure, de s'occuper du jour quand il sera vraiment levé. Et ça, si ce n'est pas l'éternité, ça y ressemble quand même un peu. Un moment de calme et de solitude dont on peut profiter avant de s'embarquer pour une journée de travail. Comme tous les matins de la semaine.

La vie tout simplement. Ou y croire un instant.

Mais le sportif matinal vient de saisir au vol un autre reflet. Un trait comme une flèche. Du vif-argent insaisissable. Probablement la vitre d'une portière de voiture que l'on vient d'ouvrir brusquement et qui a capté un rayon de soleil pour le renvoyer en boomerang. Le coureur n'est certainement pas le seul à développer quelques foulées régulières en cette période de l'année. Il fait encore jour de bonne heure. Pas de vent, pas de pluie. De quoi sortir du lit les adeptes de la course en solitaire. Un moment pour penser, un moment pour oublier. Un moment pour rien si l'on n'a pas grand-chose à se dire.

Les nombreux volatiles qui nichent en ces lieux de paix ne s'y trompent pas. Le bonheur, ils savent, eux, ce que c'est. Ils tirent quelques bords pour se dégourdir les pattes, rejoindre leurs congénères, jouer des ailes pour faire respecter la hiérarchie. Comme chez les humains.

Dans un moment qu'eux seuls devinent avant que ce ne soit l'heure, ils s'approchent des vannes pour profiter du grain que leur jette le préposé de la commune, responsable de cette opération quotidienne. Ils se dirigeront ensuite vers les herbiers chercher leur dessert avant d'entamer des palabres interminables avec des oiseaux de passage dont ils ne comprennent pas toujours le langage, puis de se prélasser au soleil pour chauffer leurs plumes parce que c'est la vie qui leur a été donnée. Et qu'il n'y a aucune raison d'en changer.

Chez les hommes, c'est différent, tellement différent…

L'homme en sueur brise son élan. Il entame un passage sous le pont de chemin de fer en utilisant la passerelle en bois dont les planches résonnent. Le dernier tour se termine dans le petit escalier de quelques marches seulement, mais qui cisaille les mollets déjà bien sollicités et le joggeur quitte le chemin de terre pour l'enrobé du parking situé tout près de l'église paroissiale. L'arrivée est proche.

Le sportif s'arrête et jette un dernier regard en direction de l'étang. Tout est calme, trop calme, et l'inquiétude lui serre la gorge mais rien ne sert d'avoir peur de ce qu'on ne connaît pas.

Le coureur reviendra demain. S'il est en forme. Si c'est possible. S'il est encore là. S'il n'est pas mort, tout simplement. Puisque le destin aime tellement s'amuser avec la vie des gens.

Le vénérable cygne, seigneur des lieux, est en retard. D'habitude il le voit s'approcher du petit-déjeuner. Avec nonchalance, parce que l'ancienneté rend serein tant qu'on ne déboulonne pas les statues.

Ou alors c'est le coureur à pied qui a forcé l'allure du retour. C'est vrai que son premier rendez-vous est plus tôt aujourd'hui. Le planning est plutôt chargé. Dans le privé, on prend quand ça fonctionne. On ne connaît pas la suite. En province, dans la France profonde, comme disent les citadins friqués avec un certain mépris dans la voix, l'emploi est volatil avant d'être une denrée rare. On ne peut pas lâcher la rampe. C'est elle qui vous lâche et ne vous rattrape jamais. Tout ça, il connaît. L'objectif est de ne pas figurer sur la liste. Du moins pas à la première page…

Encore une centaine de mètres à parcourir en marchant pour reprendre son souffle et il sera arrivé au bas de son immeuble. Quelques mouvements des bras pour se revigorer et respirer. Cracher aussi, les mains sur les hanches, pour être bien certain de retourner délibérément dans le monde des fourmis.

L'église classée fait face à une mairie résolument moderne. Un parvis désert. Les badauds qui traîneront dans le coin tout à l'heure, sont pour l'instant, assis à la table de la cuisine devant un bol de faïence de Quimper gravé à leur prénom et ils butent sur la dernière définition de la grille de mots croisés du quotidien local.

Quelques pavés pour cheminer en direction du presbytère. Un porche à côté. Plus loin sur l'arrière au premier étage, de la lumière comme pour signaler qu'on peut sonner à la porte et qu'on vous ouvrira.

C'est là qu'habite notre joggeur matinal. Avec son épouse Marina et Jamie leur fils, qui n'a pas encore dix ans.

*

Marina s'étire. Elle a mal dormi. Les températures ont baissé mais il fait encore chaud la nuit. On tourne, se retourne, se lève, se recouche et on espère retrouver un endormissement rapide. Parfois, c'est peine perdue. Comme cette nuit.

Elle replie le journal et le pose à côté de son bol vide. Elle reprendra un café avec Jean tout à l'heure. Elle n'a pas terminé son croissant. L'extrémité de la viennoiserie a pris un coup de chaud et elle s'est émiettée. La jeune femme n'aime pas le croustillant qui ne se respecte pas. Machinalement ses yeux vont d'un titre à l'autre sur la une du quotidien. Rien de bien souriant comme d'hab'. C'est quand le bonheur…

Là, elle vient d'entendre un bruit métallique. Comme un trousseau dont les clefs s'entrechoquent. Son mari rentre déjà ? Elle le connaît bien. S'il a écourté son jogging, c'est qu'il a une bonne raison ou que quelque chose le préoccupe. C'est vrai qu'il a dit hier soir qu'il avait un rendez-vous de première importance avant de commencer sa journée. Il ne sera pas en retard. Elle n'en doute pas. C'est un bon professionnel. Elle en est fière.

Marina fronce les sourcils tout en bougeant machinalement la petite cuillère dans laquelle stagne une ultime goutte de café tiède.

Pourquoi a-t-il dit « avant » ?

Ce rendez-vous, c'est pour le boulot non ? Ou bien…

Marina est pressée elle aussi ce matin. Elle doit déposer son fils à l'école puis passer chez sa mère pour vérifier que tout va bien et filer à son bureau. Sa maman commence à oublier des choses. Ce n'est pas encore très grave mais elle se doit d'être vigilante. La notion d'espace et de temps s'envole parfois. Ensuite ce sera souvent. Jusqu'au jour…

Marina passe le matin et le soir, vérifie que tout va bien, vérifie le gaz, ferme les volets, donne un tour de clef à la porte de la rue mais laisse ouverte celle du jardin. Sa maman aime bien son coin de verdure. C'est d'ailleurs là qu'elle la retrouve le plus souvent à grattouiller dans l'allée principale juste devant la porte. Ou à contempler ses fleurs, ne sachant plus très bien l'heure qu'il est. Mais elle sait ce qu'elle lui doit. Plus que d'autres peut-être…

La porte…

C'était quoi ce cliquetis tout à l'heure provenant du rez-de-chaussée ?

Et ce bruit sourd, là, maintenant.

S'ensuit comme un souffle qui proviendrait d'une masse en mouvement. Un groupe d'hommes armés, habillés de noir, font irruption, montent l'escalier, s'engouffrent dans l'étroit couloir et s'encadrent dans la porte de la cuisine.

— Gendarmerie ! Où est votre mari ?

Marina est médusée. Il n'y a que dans les séries télé qu'elle a vu ça ! Imaginez un peu. Vous êtes devant votre bol de café. Vous vous réveillez lentement mais pas tranquillement puisque vous avez de la visite de gens que vous n'avez pas invités et qui ne vous disent même pas bonjour. Y'a de quoi froncer les sourcils, ouvrir la bouche sans proférer un son et se demander à quelle heure va arriver le chef des ninjas. Tant qu'à faire…

— Je ne sais pas, répond Marina, la voix tremblante.

Juste ce qu'il faut pour que les musclés reculent dans le couloir et se mettent à ouvrir les portes une à une.

Le policier qui semble le chef du groupe d'intervention demande :

— Il se cache où votre mari ?

Marina ne comprend pas bien.

— Se cache ? De qui, pourquoi ?

— Il est dans quelle pièce ? Vite !

Le son est discret. Le ton tranchant. Boulot, boulot. L'épouse secoue la tête sans rien dire. Elle ne comprend toujours pas.

— Pourquoi il est pas là ?

— Il est sorti.

— Parti ? Travail ?

— Non. Jogging.

Elle fait comme l'homme en noir. Un mot, un autre. Pas de phrase. Pas le temps.

— Il revient ?

Ben oui ballot. Il va rentrer chez lui, tiens ! Il n'y a pas de raison ! Mais elle ne peut pas le dire de cette façon.

— Dans deux trois minutes, répond-elle.

Le gradé se retourne vers ses hommes.

— Tout le monde en place. Target en retour. On attend.

« Target », ça veut dire la cible non ? Elle a entendu ça dans un film américain. Marina en a le souffle coupé. C'est sur son mari qu'ils vont faire un carton ?

Elle se lève d'un bond et marche vers les intrus qui reculent.

— C'est quoi tout ce cirque ?

Elle s'est entendue hurler. Personne ne lui répond mais un index ganté de noir la fixe. On doit vouloir qu'elle la ferme et elle comprend immédiatement qu'elle n'est pas de taille à leur résister. C'était juste un réflexe de défense. De quoi parfois mettre un terme à la vie. Suffit, qu'en face, on le prenne mal. Et boum !

Dans l'équipe qui patiente dans le couloir étroit, elle voit un père de famille aux yeux fatigués. Derrière, un jeune au visage lisse et regard doux. Un autre plus grand qui baisse les yeux. Marina est une jolie femme. Légèrement habillée. Court aussi. Il y a un petit moment, elle était encore au lit. Insouciante et belle.

Puis c'est la porte d'entrée qui s'ouvre. On entend le bruit et le souffle d'un utilitaire qui passe dans la rue Prévost et la porte se referme.

Un bouton rouge s'allume au bras de celui qui a parlé, le chef probablement. Il ordonne :

— Silence partout !

Le couloir se vide. Le joggeur est tranquillement revenu chez lui sans se douter de rien. Sauf qu'aujourd'hui, ça va être sa fête alors qu'elle n'est même pas inscrite au calendrier. Il ôte son bonnet humide de transpiration puis monte lentement marche à marche l'escalier et pose le pied sur le tapis du palier. Il souffle bruyamment comme pour mettre un terme à son effort matinal et marquer son retour. Un rite peut-être. Une satisfaction certainement.

Le silence revient durant quelques secondes puis la porte du fond du couloir s'ouvre lentement. Un petit bonhomme en pyjama bleu passe la tête et crie :

— Ils sont là ! Cours, Papa ! Cours !

Le père ne sait pas qui ni pourquoi mais il fait demi-tour, dévale l'escalier, bouscule une ombre qui voulait s'interposer et claque la porte derrière lui. Pas de pêne à l'intérieur. Sécurité enfant. On s'agglutine en noir devant la porte qui s'en fout des bordées de jurons. Elle ne s'ouvrira pas sans un tour de clé. Basique.

En quelques enjambées, le fuyard se retrouve sur le parking de l'église et non loin du presbytère. Il aperçoit un fourgon bleu marine du côté de la place de la Victoire. Il ne peut donc pas filer en direction de la mairie. Il passe le porche, longe le grillage vert et rattrape le sentier au bord de l'eau. C'est toujours aussi calme. De quoi se demander s'il n'est pas en train de se faire un film.

Il réfléchira plus tard, quitte à sourire de sa

réaction soudaine. Ce n'est pas le moment d'ergoter sur le sexe des anges. Il lui faut s'éloigner au plus vite. Les muscles encore chauds, il déroule aisément les foulées et file en direction de la route départementale. Arrivé aux vannes qui régulent le débit de l'Aven, il y a une trouée entre deux maisons qui donne de l'autre côté. Il aperçoit du bleu et du noir en mouvement dans la rue Hippolyte Le Bas. Non, ce n'est pas un jeu. La réalité s'impose. Le choc aussi.

Du côté de l'ancienne station-service, vers le bout du pont, il aperçoit deux fourgons qui ne se cachent même plus. Il comprend les éclairs bleutés et force l'allure sur le chemin qui tourne autour de l'étang. Il passe rapidement à couvert et file en direction du pont de chemin de fer. À pied, il a encore ses chances. Du moins, il s'en persuade.

Arrivé au pont, il gravit la butte à droite et passe le grillage pour rejoindre le ballast. Ses poursuivants sont en contrebas et à distance. Ils ne peuvent le voir sur lui. Ils ne sauront pas quelle direction il aura prise. De quoi donner du temps au temps. Tout est encore possible. Il traverse la voie, se faufile, dévale de l'autre côté et se retrouve devant le second étang.

Mauvaise pioche. Ils ont bouclé le secteur. Un comité d'accueil se met en mouvement du côté du petit jardin. Probablement sorti du fourgon bleu marine. Dans quelques mètres, ils seront à hauteur de la bouée de secours, mais ils ne semblent pas avoir repéré le fuyard. L'information concernant sa fuite n'est vraisemblablement pas encore passée et la zone est vaste. C'est un atout pour lui sauf qu'il ne comprend toujours pas ce qu'on lui veut. Des hommes en armes et habillés de noir comme à la télé et qui donnent l'assaut, on n'a jamais vu ça à Rosporden !

Pour l'instant, il faut fuir.

On vient sur sa droite. On approche sur sa gauche. Il n'a pas beaucoup de choix. Même pas cornélien le truc. Il pourrait rester là à les attendre et se rendre. Que faire d'autre, en fait, mais ce n'est pas son genre. Il ferme complètement sa veste de jogging, cale le sachet hermétique où il garde ses clefs, et, lentement, se glisse dans l'eau. Il s'éloigne en marchant dans les herbiers en se cachant sous la végétation sauvage de la berge. De quoi effrayer les saumons qu'il aperçoit parfois le matin. Il habite ici depuis des années. Il connaît probablement mieux la topographie des lieux que ses poursuivants. Il mise sur cet avantage. Si c'en est un. On verra plus tard.

Il fait péniblement une centaine de mètres en tentant de ne pas trop s'éloigner de la rive. L'eau est froide et elle rencontre un corps chaud. Il s'est enfoncé jusqu'à la ceinture quand il dérange un couple d'oiseaux qui s'envole en protestant. Dommage. Là-bas, les gendarmes l'ont repéré. Ils sont encore loin sur le sentier mais ils accélèrent. Il lui reste à les prendre de vitesse. Leur équipement ne les affûte pas vraiment pour la course. S'il parvient à passer la trouée de l'ancienne voie ferrée Rosporden-Carhaix, devenue piétonne, il peut les semer et disparaître dans la campagne. Derrière, il y a le troisième étang grignoté par une végétation plus folle. Une planche de salut. Plus loin, habite la mère de Marina. Il passera du garage à la cave du fond. Il sait ce qu'il y a dans l'armoire métallique. Il sait où l'on cache la clé. Marina lui a montré. Il se défendra si c'est nécessaire.

Alors il nage. Au crawl, il est excellent. Il a un objectif. Il a ses chances. Il constate très vite qu'il creuse l'écart. Il n'a pas encore perdu la partie. Avec tout leur barda, les poursuivants ont du mal à le rattraper, surtout qu'ils doivent suivre la berge d'en face dont la courbure augmente la distance. D'autres arriveront certainement par le parking mais ils ne savent pas forcément où il se trouve exactement. De quoi gagner quelques précieux mètres.

Parvenu à la jonction des deux étangs, le fuyard prend pied avant le pont, à l'endroit où les alluvions ont formé une sorte d'île naturelle. Malheureusement, le sol est mou et spongieux et, s'il convient au déplacement des canards, il est loin d'être suffisamment stable pour un humain. Le joggeur glisse, se rattrape à la végétation, glisse à nouveau et met les genoux sur le sol humide pour ne pas partir en arrière. Il n'avait pas prévu que la berge allait être une ennemie pour lui et qu'elle pouvait lui faire perdre les quelques précieuses minutes qui lui conservaient sa liberté.

Il est épuisé. Jogging, course, nage. Mental à la dérive. Cible mouvante. Tout cela, c'est beaucoup pour un petit matin qui s'annonçait si tranquille. C'est trop même. Il se débarrasse de ce qui finit par l'encombrer. La bascule est en marche. Il y a un moment où le coup se gagne ou se perd. Il relève la tête. Là-bas, il voit très bien le gendarme casqué qui s'est positionné en statique. Celui-ci crie quelque chose mais les mots se perdent sous les arbres. Le canon de l'arme se relève. Une détonation. Un plouf dans l'eau à cinq mètres du fuyard, juste dans le chenal qui se forme sous le pont. Là on ne rigole plus.

Le joggeur parvient à se redresser. Maintenant, ils sont deux à le tenir en joue. D'autres uniformes approchent sur la voie verte. Il a perdu. Il lève lentement les bras. Son équilibre est instable. Il vacille mais ne tombe pas. Il ne leur fera pas ce plaisir.

Il a quelque chose à leur dire.

Il crie :

— Ce n'est pas moi !

Dans ces quelques mots, il a mis toute sa conviction. Il plaide non coupable. Il rajoute :

— Je n'ai rien fait de mal ! Laissez-moi, vous faites erreur !

Il ne s'en est pas rendu compte mais quelques larmes mouillent ses yeux. Les hommes pleurent aussi. Discrètement.

Tu te lèves le matin et c'est aujourd'hui…

I

Le commissaire divisionnaire Landowski posa son mug sur la table de la terrasse. Plus précisément, il le poussa à toucher le bord de l'assiette où subsistaient les restes de son plat chaud.

Il venait de déjeuner simplement d'un axoa de veau mélangé avec un riz basmati du Penjab. Un délice très personnel parce qu'il parfumait le plat avec des baies roses savamment concassées par ses soins dans un creuset et rajoutées dans le plat une fois servi dans une assiette à soupe. Rien avant. Rien après. Ni vin ni eau. Café et c'est tout.

Le bocal de viande cuisinée venait tout droit du Pays Basque, où l'administration l'avait convié à donner une conférence sur les modes opératoires des importateurs de stupéfiants. Itinéraires, convois en *go fast,* leurres, armement. Rien de cela n'avait de secret pour lui. Idem pour les souvenirs douloureux de policiers morts en service pour avoir tenté de barrer la route à des trafiquants de drogue.

Il en avait serré quelques-uns de ces fondus, capables de tuer pour sauver leur saloperie de came en jouant aux quilles avec leurs bolides racés contre des fonctionnaires de police. Des premiers, il y en avait en taule à jouer les caïds sur les coursives quand les veuves de policiers pleuraient les seconds devant les tombes. De quoi faire grincer les dents du commissaire. Toujours ce différend entre police et justice.

Depuis quelques mois, le divisionnaire était sans réelle affectation. L'ex-directeur de la DGSI l'avait placé en réserve du service en attendant de lui confier de plus hautes fonctions et lui avait demandé d'intervenir devant les nouvelles promotions de gendarmes et de policiers. Une manière de découvrir les charmes de la France profonde tout en faisant profiter les stagiaires de sa très grande connaissance du métier.

Dans les couloirs de la direction à Levallois-Perret, on avait aussi parlé de lui pour une accession au grade de commissaire général de police. Une promotion convoitée. Nombre d'appelés, peu d'élus. Puis les élections étaient passées par là. Le directeur avait été remplacé. D'un fauteuil, l'autre. Dans les hautes sphères, c'était devenu une sorte de jeu comme s'il était essentiel de ne pas toujours laisser les bons éléments chercher à transformer utilement la République. Probablement que le nouveau pouvoir sorti des urnes au mois de mai allait prendre son temps. Voire faire d'autres choix…

Lorraine Bouchet, compagne du commissaire et magistrate au Parquet de Paris, se trouvait peu ou prou dans la même situation. Pour respecter le principe des chaises musicales ayant cours dans la magistrature tous les trois ou quatre ans, elle devait émigrer vers une autre juridiction et occuper une tout autre fonction.

Pour elle non plus, la nouvelle affectation n'était pas connue. Une sorte de flou pas très artistique mais que Lorraine Bouchet acceptait finalement assez bien. Elle continuait son travail comme si de rien n'était, à la grande satisfaction de sa greffière qui n'avait pas franchement envie de changer de patronne. C'est toujours aux subordonnés de s'adapter. L'inverse n'est pas entré dans les mœurs.

Et puis, le nouveau Palais de Justice étant en construction à Clichy, le Président du TGI l'avait chargée de proposer un plan de répartition des bureaux de magistrats à l'intérieur de cette tour de verre. Autrement dit, elle devait se coltiner une mission extrêmement délicate au cours de laquelle elle aurait bien du mal à faire avec les susceptibilités des uns, les exigences des autres et les impératifs de l'État.

En même temps, on sortait de l'été pour entrer dans l'été indien. Si d'aventure il y avait des Chingapooks à plumes sur le sentier de la guerre, il serait toujours temps de sonner la charge. Il était certainement urgent d'attendre…

Magistrate et commissaire avaient bien profité de quelques jours de vacances au bord de la mer.

Lorraine avait fait de la plongée autour des Îles Glénan, Landowski de la pêche au lancer en passant des heures sur la digue à se faire narguer par le menu fretin, avant de se retrouver ensemble le soir en terrasse pour ne rien faire du tout. Ou l'essentiel d'un couple.

En mer, la tourelle baptisée « Men Du » se laissait lécher à sa base par un mouvement d'écume bien blanche. Pour remarquer le clapot du rivage, il fallait que l'océan soit en train de taquiner vraiment. Les beaux jours allaient maintenant se compter mais la mer, avec l'archipel des îles Glénan en toile de fond, vaudrait toujours qu'on s'y attarde. Question de lieu, pas de temps. La mer n'a pas de limite à sa longévité, elle.

Tout à coup, Landowski la remarqua.

Une jeune femme aux cheveux clairs, bermuda en jean, chaussures de sport à bandes noires, coupe-vent bleu marine ouvert. Lunettes de soleil relevées. Avec une pointe d'insolence dans l'attitude et la certitude d'être remarquée.

Elle avait le regard franchement dirigé vers le vacancier debout sur sa terrasse à cent mètres. Le terme « rivé » aurait même pu être employé. Pas de doute sur le but de sa promenade à pieds. Le policier était visé. Landowski tiqua. Vivement que les arbustes en croissance plantés dans le terrain créent un peu d'intimité. Derrière un rideau de verdure, il serait enfin à son aise. Il préférait largement la discrétion à l'étalage. Pour vivre heureux, vivons cachés.

L'inconnue remontait le chemin venant de la route côtière et rejoignant tranquillement le petit village de Trévignon situé en retrait de la Pointe, bien à l'abri des caprices de l'océan. La maison avait été le choix de Lorraine. Un coup de cœur qui avait fait un trou béant dans ses économies puisqu'elle avait financé l'achat toute seule. Si Landowski était du genre solitaire, Lorraine, quant à elle, veillait jalousement sur sa liberté.

La promeneuse marchait sans se presser le moins du monde. Ce n'était même plus de la nonchalance à ce stade puisqu'on aurait dit qu'elle faisait du surplace pour bien être certaine d'être repérée. Peut-être même qu'elle simulait un déplacement pour ne pas quitter Landowski des yeux. Manifestement elle voulait absolument capter le regard du commissaire. Une attention appuyée qui ne pouvait que révéler un intérêt quelconque pour un vieux briscard de terrain.

Quelconque ? Pas si sûr. On ne tire pas des bords dans un lieu tranquille et à la lisière d'une parcelle privée sans raison. Surtout si l'insistance du petit manège commence à intriguer l'occupant. Il y a quelque chose de gênant, d'indécent à forcer le trait de cette manière même quand la raison peut paraître légitime. Était-ce un regard critique envers un nouveau venu ou un moment d'admiration devant un jardin bien entretenu ? Était-ce un rejet du principe de propriété ? De l'autorité ? De l'État ? De l'anti-flic primaire ?

Ou tout autre chose. Landowski avait eu les honneurs de la presse nationale et locale pour des affaires qu'il avait résolues en Bretagne. Incidemment, ici et là, on avait probablement cité le lieu habituel de ses vacances. Ensuite, pour le retrouver, il suffisait de… mener l'enquête !

Quand on ne sait pas, le mieux, eh, c'est de demander, vous ne croyez pas ?

Landowski rentra dans le séjour puis gagna la porte d'entrée donnant sur l'arrière de la maison. Avant de sortir, il glissa la main dans le premier tiroir du meuble du vestibule pour y pêcher une arme de poing qu'il engagea dans son dos sous sa ceinture de cuir. Il était du genre à sortir couvert en toutes circonstances.

Il marcha sur le fin gravier dont Lorraine exigeait qu'il soit régulièrement ratissé pour effacer les traces de pas et de roues et il s'avança jusqu'au portail à demi fermé. Eh oui, encore une manie de flic de ne pas permettre l'irruption rapide d'un véhicule. Simple précaution pas difficile à pratiquer. Et ça fait faire du sport…

En voyant Landowski s'approcher, la promeneuse s'était arrêtée au bord du jardin d'en face et elle regarda l'homme approcher puis s'arrêter derrière la partie fermée du portail.

— Bonjour ! lança-t-il. Vous cherchez quelque chose, quelqu'un ? Je peux vous renseigner peut-être ?

Le commissaire avait fait dans le léger pour ne pas effaroucher. Lorraine lui reprochait d'être parfois un peu trop abrupt dans sa prise de contact. Sauf qu'un policier ne l'est pas seulement aux heures de bureau. Au grand dam parfois des conjoints. Et puis, Landowski ne vivait pas dans un monde de Bisounours. Ceci expliquant cela.

L'inconnue sembla hésiter un instant, passant d'une jambe d'appui à l'autre en regardant ses chaussures. Landowski haussa les épaules. Libre à elle de ne pas répondre. Il n'allait pas insister. Les gens font ce qu'ils veulent et il ne leur demandait davantage que si la procédure l'exigeait. Quand elle aurait besoin de quelque chose, elle oserait le dire non ?

Le shérif avec ses gros revolvers a toujours fasciné. Le criminel aussi d'ailleurs. Certaines cherchent le frisson. S'il s'agissait d'une curieuse avide de sensations fortes, elle repasserait. Il n'avait pas envie de perdre son temps. Il avait fait le minimum syndical en posant une question de bon voisinage. Lorraine ne pourrait pas le traiter de vieux ronchon. Pas cette fois.

Il venait juste de se retourner pour rentrer et passer à autre chose quand il entendit la réponse fuser enfin.

— Euh bonjour !

Il fit face à la nouvelle venue qui dit :

— C'est vous le…

Comme ponctuation, la jeune femme usa d'un léger coup de menton.

— C'est moi le, dit-il comprenant qu'il valait mieux se passer d'effets de manches comme se gargariser de superlatifs.

— Ah !

— Vous vouliez me voir ?

— Oui. Enfin je ne sais pas si…

— Puisque vous êtes là !

Elle venait lentement de s'approcher du portail. Instinctivement Landowski regarda ses mains. Tant qu'elle les tenait devant elle, il n'y avait pas de souci. Il en connaissait de ceux qui avaient baissé la garde devant une jolie femme bien sous tous rapports avant de se faire fumer comme des harengs.

— Vous êtes bien le commissaire Landowski ?

— C'est moi oui ! Qui le demande ?

La jeune femme s'éclaircit maladroitement la voix.

— Moi ! Je voudrais vous dire quelques mots. En particulier. Enfin si c'est possible.

Il la regarda plus attentivement. Elle avait les yeux un peu rougis et la mine fatiguée mais elle ne semblait pas abattue.

— Vous venez d'où comme ça ?

— De Rosporden. Ma voiture est garée un peu plus bas sur la corniche. Mon fils est à l'intérieur.

— Il pouvait vous accompagner. Je ne mords pas vous savez !

En disant ça, il n'en était pas si sûr.

— Non, non. Il peut m'attendre. Il a sa tablette, ses jeux. Je ne vais pas vous déranger bien longtemps.

Landowski se dit que c'était plausible puisqu'on était mercredi.

Elle leva un regard mouillé vers le grand flic.

— Et puis je ne veux pas qu'il entende ce que j'ai à vous dire.

Landowski n'aimait pas beaucoup ces messes basses ou le clair ne sort pas du gris. Au bar de l'embrouille, il ne demandait jamais qu'on remplisse à nouveau les verres.

Avec juste ce qu'il fallait d'humanité, il dit :

— Venez à la maison. Le café est encore chaud.

Il se demanda aussitôt s'il n'avait pas tort d'être si urbain tout en comprenant que la courte sieste qu'il s'imposait en vacances était compromise. Mais puisqu'il avait affaire…

La visiteuse remonta l'allée en compagnie du commissaire. Sans un regard, sans un mot. Il y avait quelque chose de solennel dans ce parcours en duo et Landowski pensa aussitôt qu'il venait de se coller dans de belles emmerdes.

L'invitée entra la première puis elle attendit dans le vestibule que l'hôte referme la porte.

— Passons en terrasse, si vous le voulez bien. C'est par là.

Il indiqua le chemin.

— Quel que soit le sujet, on y est toujours mieux. Les embruns peut-être.

Il entendait déjà Lorraine lui dire qu'il n'était pas aussi avenant avec elle. Et qu'il suffisait d'une…

Il chassa ses craintes d'une grande inspiration puis il demanda :

— Le café, c'est oui ?

Invitée par un geste de Landowski, la visiteuse venait de s'asseoir sur un fauteuil en rotin.

— C'est oui, répondit-elle en souriant.

Landowski la quitta quelques minutes, le temps de redonner un coup de chaud à la cafetière qu'il avait éteinte après s'être lui-même servi tout à l'heure. Discrètement hein, puisqu'il avait légèrement travesti la vérité.

Mais elle ne le regardait pas faire. Elle avait les yeux vissés sur l'horizon liquide. Un peu comme si elle avait l'envie forcenée de s'y fondre. Et disparaître.

Il y a parfois de ces échappatoires disponibles qui s'offrent à ceux qui n'en peuvent plus et Landowski avait cru lire dans les yeux de cette femme inconnue une sorte de détresse infinie pouvant mener d'un drame à un autre. Même si la force était encore là.

Tous les deux au portail. Elle ne sachant pas comment se tenir. Lui restant campé sur ses jambes écartées. Il avait compris qu'il se rendrait responsable de quelque chose s'il la laissait repartir sans avoir daigné l'écouter.

— Et si vous me disiez pourquoi vous cherchez à me voir, dit-il en installant tranquillement la cafetière en verre et la tasse en grès.

Volontairement il ne l'avait pas regardée, se bornant à verser le breuvage noir goudron qu'il affectionnait, dans la tasse puis dans son mug qu'il avait laissé sur la table.

— Sucre ?

Il tendit une timbale en étain garnie de dosettes de couleur.

— Non merci.

— Attention hein. Je le fais fort !

— Ça me va.

Il comprit qu'elle ne dirait rien tant qu'il resterait debout. Alors il s'assit.

La visiteuse le fixa dans les yeux.

— Vous êtes armé.

Elle avait donc remarqué la bosse dans le dos.

— Réflexe professionnel. On ne sait jamais à qui on a affaire.

— Même devant une femme ?

— Tout individu. Le sexe n'a absolument rien à voir là-dedans. Sans sexisme aucun, bien entendu !

Landowski croisa les mains.

— Alors ? demanda-t-il, laconique.

La jeune femme inspira un grand coup et lâcha :

— Mon mari a été arrêté.

Information banale pour un commissaire ! D'où un visage impassible.

Elle gronda avant d'ajouter :

— Il est innocent. Vous comprenez ? In-no-cent !

La force de l'émotion, contenue le temps de se trouver face à face avec le policier, s'exprima aussitôt en pleurs.

— Calmez-vous, dit Landowski ne sachant pas vraiment quelle attitude adopter, racontez-moi plutôt.

La femme releva la tête, se passa la main dans les cheveux en oubliant les lunettes qui tombèrent sur la table. Elle les récupéra, replia les branches puis elle dit :

— Ils sont venus un matin de bonne heure. J'étais devant mon bol de café.

— Qui ça ?

— Des gendarmes casqués et armés. Ils ont fait irruption chez moi. Je n'ai pas eu le temps de réagir qu'ils étaient déjà massés devant la porte de la cuisine.

— Ils étaient combien ?

— Cinq ou six, je ne les ai pas comptés. J'étais tellement terrorisée.

— Et…

— Ils cherchaient mon mari.

— Il n'était pas là ?

— Il était sorti pour faire son jogging du matin. Ils ont dit qu'ils allaient l'attendre. Aussitôt après, mon mari est rentré. Du coup, ils ont reculé dans le fond du couloir. Il y a un angle. Notre fils les avait vu ou entendus, je ne sais pas. Quand son père est arrivé sur le palier, il a ouvert la porte de sa chambre et il a crié pour le prévenir. Jean s'est enfui en claquant la porte.

— Le groupe l'a alors pris en chasse…

— Pas tout de suite. À cause de Jamie qui pourrait sortir et se jeter sous une voiture, on avait enlevé la poignée. Il faut utiliser la clef pour ouvrir la porte de l'intérieur.

— Ils ont perdu du temps.

— Un peu mais le premier a réussi à ouvrir assez vite. Les autres ont dévalé les escaliers à toute vitesse et se sont rués à l'extérieur.

— Et vous ?

— J'ai ordonné à Jamie de ne pas chercher à sortir, de fermer derrière moi et je suis partie dans la rue comme ça, sans penser à me couvrir. Comme une folle. Je suis descendue vers l'étang. Je connais le parcours que Jean faisait en courant. Je l'ai accompagné quelques fois. Je l'ai vu essayer de s'échapper vers la Remise du Moulin puis revenir vers l'étang et en faire le tour. Il a filé vers la voie de chemin de fer puis il a disparu de l'autre côté. Je suis revenue chercher la voiture et j'ai pris la route de Coray pour tenter de le récupérer.

— Et faire quoi ensuite ?

— Je ne sais pas. Il y avait plus urgent.

— Fuir avec lui ?

— Peut-être. C'était une erreur, une méprise. Ils allaient me le tuer. Je ne pouvais pas les laisser faire ça.

— Ils avaient des raisons de le faire ?

Elle parut agacée.

— Mais je ne sais pas ! Ils étaient armés. C'était très violent. Je n'ai pas réfléchi. Je voulais le retrouver, être avec lui !

— Et vous l'avez revu plus loin ?

— Il nageait dans l'autre étang. Je l'ai vu de la rive. Je me suis approchée en courant. J'ai vu un gendarme lever son arme. Puis un autre tirer sur lui. Jean a crié. J'ai crié aussi et…

— …il s'est rendu ?

— Je ne les ai pas vus l'arrêter. Je suis tombée. Une femme gendarme m'a relevée et m'a soutenue pour me ramener à la maison. Je ne voulais pas mais elle m'a dit que c'était ce qu'il fallait faire si je voulais le revoir. Quelques minutes plus tard, j'ai vu plusieurs fourgons revenir en direction du centre-ville et passer sous la voie ferrée. Jean devait être à l'intérieur de l'un de ces véhicules.

Elle appuya ses mains sur ses oreilles.

— Ces sirènes hurlantes, je ne les oublierai jamais !

— Et vous êtes rentrée chez vous ?

— La jeune femme a été chic avec moi. Elle est restée un moment pour être certaine que tout allait bien. Jamie s'était préparé et habillé. Il était prêt à partir à l'école. Brave petit bonhomme ! J'ai tenté de le rassurer.

Elle sourit tristement.

— Il m'a dit : J'ai compris Maman. Ne t'inquiète pas. Je serai toujours là pour Papa et toi.

— Ensuite vous l'avez déposé à l'école…

— On a fait comme d'habitude. Pour Jamie, je voulais faire comme si. D'ailleurs, il ne m'a rien demandé et moi je n'ai rien dit.

Elle fit tourner son alliance avec deux doigts de l'autre main.

— Si. Je lui ai promis que son père reviendrait !

Les sanglots montèrent, incontrôlables.

— Ensuite…

Elle se reprit. C'était visiblement difficile pour elle. Landowski le comprenait très bien.

— Oui plus tard, je suis allée à la gendarmerie. On m'a dit que Jean était concerné par une affaire, qu'on devait lui poser des questions, qu'on ne pouvait rien me dire de plus à ce stade de l'enquête, qu'il fallait que je revienne le lendemain à dix heures.

— Ce que vous avez fait ?

— Entre-temps, j'ai demandé à ma sœur de s'occuper de Jamie, de le récupérer à la sortie de l'école et de le prendre chez elle le temps que je me pose et que je comprenne ce qu'il se passait. Elle habite Rosporden elle aussi. Pas très loin de la gendarmerie d'ailleurs !

— Et qu'est-ce qu'on vous a dit le lendemain ?

— Que Jean allait être entendu dans une affaire criminelle. Criminelle, vous vous rendez compte ?

— Vous avez demandé à le voir ?

— Bien sûr ! J'ai même insisté mais on m'a répondu qu'il avait été transféré le soir même de son arrestation dans un autre département pour être entendu sur place par le juge chargé de l'affaire.

Ainsi donc, il ne s'agissait même pas de faits qui se seraient passés dans le Finistère. Pas simple a priori. De quoi titiller déjà la fibre policière de Landowski.

— C'est arrivé quand ? demanda-t-il après un silence.

— L'arrestation ? Lundi matin.

— On vous a conseillé de prendre un avocat ?

— Non et je n'ai rien demandé.

— Et depuis ?

— Rien.

Landowski pianota sur le bord de sa tasse.

— Vous devez savoir que je ne suis pas en poste dans le département, expliqua-t-il. Je suis en vacances, enfin si l'on peut dire. Pourquoi avez-vous choisi de venir me voir moi ?

— J'ai confiance en vous.

— Mais encore ?

— Jean est innocent. Il y a forcément une autre explication à cette affaire. Je sais ce dont vous êtes capable. J'ai lu vos exploits. Vous le sortirez de là !

Landowski but une gorgée de café et soupira. Elle y allait fort la nénette ! Il n'était pas chargé de l'affaire. Il n'en connaissait pas les détails. Il n'était pas détective mais commissaire de police. On allait encore lui reprocher de s'occuper de choses qui ne le regardaient pas. Le mieux c'était de ne pas s'en mêler et de renvoyer la jeune femme vers les autorités compétentes. S'il se mettait à répondre aux sollicitations, il n'avait pas fini. Il voyait déjà la tête de Lorraine…

Il hocha la tête doctement.

— Je vais voir ce que je peux faire, dit-il lentement.

Il s'étonna de s'entendre prononcer ces quelques mots. Certes il s'en foutait bien de marcher sur les plates-bandes des collègues. À condition que ce soit pour la bonne cause, bien entendu. La veuve et l'orphelin, mais en l'occurrence, il ne s'agissait ni de l'une ni de l'autre, pour l'instant. Les collègues gendarmes allaient grincer des dents. Mais il y avait cette épouse et mère. Cette femme. Peut-être que le contact était passé entre eux deux…

Landowski laissa la visiteuse repartir. Il attendit pour qu'elle prenne un peu d'avance puis il la suivit à distance. Elle avait de quoi penser et réfléchir. Elle ne se retournerait donc pas. Non loin de la jonction avec la route côtière, il traversa un terrain en friche où on avait dernièrement arraché des grands arbres et il se plaça en lisière du talus surélevé par rapport à la route. Il put ainsi jeter un œil sur le véhicule et sa passagère sans être vu. Un moment plus tard, la voiture passa à petite vitesse. Curieux. Pas de jeune garçon à l'intérieur. Personne d'autre d'ailleurs. La jeune femme était seule dans l'habitacle. Elle commençait déjà à lui mentir ?

Il regarda le Post-it qu'elle lui avait remis avant de partir. Elle y avait inscrit ses coordonnées : nom, prénom et numéro de téléphone.

Juste pour lui-même, il dit :

— Pas sympa ça, Marina ! Non, pas sympa !

II

Non, Marina n'avait pas tout dit.

Elle venait chercher un peu de soutien, une caution morale en quelque sorte, mais il ne fallait pas forcément se méprendre sur sa démarche. Ce commissaire dont elle avait en quelque sorte forcé la porte pouvait peut-être faire quelque chose pour elle. Il était connu. Respecté. Mais ce n'était pas une raison pour qu'elle quitte sa retenue habituelle. Il ne lirait pas en elle à livre ouvert. Sauf si…

Elle avait défini un objectif, calculé les risques, évalué les problèmes à venir, décidé jusqu'où elle était prête à aller. Même si la frontière entre elle et lui devait, à un moment donné, être franchie. Son bonheur était à ce prix.

Certes, elle avait besoin d'aide mais rien ni personne ne l'empêcherait de chercher de son côté. Elle comptait sur Landowski pour lui communiquer des éléments qu'il serait le seul à pouvoir connaître. Faut faire partie du sérail pour accéder à certaines infos. Chacun sa tambouille !

Et puis, le moment venu, elle serait armée pour présenter les factures à ceux qui avaient décidé si légèrement de bouleverser sa vie. Elle ne savait pas encore quelle tournure prendraient les événements. Et elle essaierait de se préserver autant que possible. Par tous les moyens.

Pour Jean mais surtout pour Jamie.

Elle mettrait tout en œuvre pour que son mari revienne à la maison. Et tant pis si elle rencontrait quelques obstacles sur son parcours.

Curieusement, parce qu'elle ne se connaissait pas comme ça, elle se sentait très forte et capable d'en arriver aux pires extrémités s'il en était besoin. Et ça lui donnait un sentiment qu'elle n'avait jamais connu.

Une pêche d'enfer !

C'est exactement ce qu'elle avait ressenti une fois qu'elle s'était retrouvée seule. Les gendarmes avaient emporté l'ordinateur portable de Jean, elle s'était demandé de quel droit, mais ils n'avaient pas fouillé la maison. Il leur fallait certainement un ordre d'un juge pour faire ça. Ils reviendraient donc, le papier en main. Bientôt probablement. Mais que pourraient-ils découvrir impliquant Jean dans une sombre histoire ? Il n'y avait pas un homme plus *clean* que lui. Bon amant, bon père, bon chef de famille. Comment pouvait-on lui en vouloir au point de lui envoyer des gendarmes prêts à l'abattre comme un chien au petit matin au bord d'un étang ?

Il n'était pas question de se perdre en conjectures et autres plans foireux sur la comète. Marina avait donc décidé de prendre les devants. Pour quelle raison, Jean avait-il mérité ce traitement digne d'un malfaiteur de haut vol ? Brigade armée jusqu'aux dents. Secteur bouclé. Fusils d'assaut. Manquait plus que les hélicoptères et les médias. De la folie !

Une incroyable méprise certainement. Une homonymie. Une volonté de nuire. Ou alors une vengeance ne voulant pas dire son nom.

D'abord examiner le téléphone personnel de son mari. Curieusement, pour faire son jogging, Jean avait pris son portable professionnel au lieu de celui-ci alors qu'il ne se trompait jamais d'appareil. Il avait peur de tomber, de se blesser sur un parcours qu'il aimait bien rendre un peu plus difficile et alors avoir besoin d'aide. Bien sûr, il y avait d'autres sportifs dans le secteur des étangs. Encore fallait-il qu'ils courent au même endroit et à la même heure. Et puis ils évoluaient souvent dans un autre monde, les écouteurs fichés dans les oreilles. Alors pourquoi cet oubli ?

En était-ce vraiment un puisque le téléphone était posé sur la table de la cuisine et non sur le buffet à sa place habituelle ? Comme s'il espérait secrètement qu'elle s'en empare. Et qu'elle réagisse. Avait-il déjà la crainte de ne pas revenir ? En savait-il davantage sur ce qu'il allait advenir de lui ?

Pourtant la veille au soir, elle n'avait rien remarqué de notable. Il était rentré un peu tard mais comme souvent en début de semaine. Il y a toujours les couacs du week-end, les petits soucis techniques qui bousculent les plans établis. Mais de ça, il n'avait pas dit un mot.

Il avait pris une douche puis ils s'étaient retrouvés tous les deux dans le séjour pour boire un verre de vin blanc avant le dîner. Ils avaient parlé de leur journée, évoqué un petit voyage pour les vacances d'hiver et rêvé à des horizons lointains pour l'été prochain. Ensuite ils avaient mangé dans la cuisine tous les trois. Jamie était reparti dans sa chambre assez vite, la conversation de ses parents l'intéressant beaucoup moins qu'un jeu dont il sortirait vainqueur bien entendu.

Et puis Marina sourit. Ensuite, ils s'étaient rejoints tous les deux sous la couette. Proches, complices, imbriqués. Comme s'ils allaient mourir le lendemain.

Elle s'était endormie comme une bienheureuse mais c'est plus tard dans la nuit qu'elle s'était réveillée. Jean se glissait à nouveau sous les draps. En se recouchant, il l'avait réveillée. Le sommeil avait mis un peu de temps à les rattraper tous les deux.

Elle ne chercha pas à trouver davantage d'explication à tout ça. Peut-être qu'il n'y en avait pas. Et si ce n'était pas un hasard, elle finirait bien par le savoir.

Le téléphone était là. Point. Elle allait le consulter. Peut-être parlerait-il ? Elle n'était pas vraiment pressée, de peur d'apprendre d'autres vérités, d'apprendre des choses qui l'anéantiraient. La solitude soudaine lui donnait une fragilité qu'elle ne se connaissait pas. L'amour peut-être. Certainement.

Au retour de Jean, elle lui dirait qu'elle s'était permis de consulter son téléphone. Vu les circonstances, il comprendrait qu'elle avait été obligée de chercher des réponses pour tenter d'éclairer les faits incroyables auxquels elle venait d'être confrontée. Avait-elle vraiment le choix ?

Tous les deux, ils utilisaient le même code d'accès, l'un inversé par rapport à l'autre pour avoir une chance de s'en souvenir mais de toute façon, les deux appareils restaient en veille tout le temps. Donc accessibles par l'un et par l'autre. Ils n'avaient rien à se cacher.

Rien ?

Marina avait ainsi pu consulter l'agenda de son mari. Le rendez-vous prévu bien plus tôt que les autres et dont il avait parlé le soir l'intriguait. Et il y avait de quoi puisque celui-ci n'était pas référencé dans le planning du jour de son arrestation. De quoi l'interpeller d'entrée de jeu. Surtout qu'il en avait fait allusion comme s'il avait voulu qu'elle le sache au cas où il lui arriverait quelque chose. Elle commençait à gamberger, à recouper les éléments, comme si elle avait dû comprendre les messages subliminaux qu'il lui avait envoyés.

Facile d'expliquer le résultat quand la course est terminée.

La liste commençait normalement à neuf heures, s'interrompait entre midi et deux et reprenait à quatorze heures pour un point sur les dossiers en salle de réunion. Rien à signaler apparemment. Sauf ces trois petits points dans la case huit heures. Comme si Jean avait pianoté quelque chose, s'était ravisé et avait effacé les caractères. Mais pas complètement. On oublie parfois les petits points qui traînent en queue de peloton.

Du coup, elle s'était reportée vers le journal des appels. Dans les derniers, elle avait reconnu les siens puis un autre qu'elle ne connaissait pas. Elle avait remarqué quelque chose de particulier. Son mari n'avait conservé que le journal des appels de la veille de son arrestation et il n'y avait dans la liste que les échanges mari et femme qu'ils avaient eus et cet autre appel rentrant. Comme si Jean avait voulu lui laisser un indice discret mais repérable. Au cas où. Ou alors, c'était pour une autre raison…

Du coup Marina avait formé ce numéro inconnu sur le téléphone de son mari. Dans un premier temps, on avait décroché à l'autre bout mais sans prononcer le moindre mot. Elle s'était alors lancée.

— C'est Marina, la femme de Jean. Il n'a pas pu venir au rendez-vous de ce matin. En faisant son jogging, il a fait une chute et il s'est fait une double entorse. Il est en train de se faire poser une bande plâtrée.

Puis elle avait osé. Comme dans un film.

— Il m'a dit de vous dire ceci : seize heures, mercredi, Concarneau, devant l'ancien restaurant des Gens de Mer au port.

L'appel avait été immédiatement interrompu et ce n'était pas elle qui avait coupé la communication.

Là, elle était en route vers ce rendez-vous. Elle n'était pas trop fière de s'y rendre. Pure folie peut-être car elle se lançait un peu trop vite sans connaissance, sans précautions Tout pouvait arriver. Le pire comme le meilleur. Et si les choses tournaient au vinaigre, que deviendrait Jamie ?

Elle avait quitté le commissaire Landowski, il y avait une demi-heure à peine et elle approchait de Pont-Minaouët. Maintenant elle avait deux fers au feu : le célèbre flic d'un côté et elle de l'autre. Au premier, elle s'était bien gardée de parler de ce rendez-vous. Elle le voyait bien lui dire que ce n'était pas à elle d'y aller. Mais comme elle avait décidé de ne pas laisser tomber son mari…

Elle prouverait qu'il n'avait rien à faire dans cette galère. Que c'était une méprise, un coup monté, un coup du sort. N'importe quoi pourvu qu'il revienne à la maison et que la vie reprenne comme avant.

Il y avait leur couple, leur enfant, des projets, des désirs, des passions et un avenir qui paraissait bien engagé. Pas question de laisser d'autres personnes détruire cet équilibre qu'ils avaient eu, comme bien des couples, du mal à mettre en place. Non, elle ne laisserait personne leur faire du mal. Quitte à leur en faire en retour s'ils faisaient preuve d'une obstination imbécile. Elle se sentait capable d'une implacable vengeance. Sa justice à elle.

L'autre n'avait rien dit au téléphone. Il ne l'avait pas non plus éconduite en prétextant une erreur de numéro. Elle avait donc bien eu au bout du fil la personne qui avait rendez-vous avec son mari aux aurores, ou presque, le jour de son interpellation.

Et là elle s'arrêta brutalement. Elle venait d'envisager autre chose. Une femme ? Jean ?

Mais quel rapport possible avec la visite des gendarmes ? Non, elle voulait se faire peur. On n'était certainement pas sur ce champ. Ou alors il avait…

Non, non, elle ne pouvait s'y résoudre. Pas le Jean qu'elle connaissait. Et quand bien même, elle le sortirait de là pour avoir une explication franche avant d'aviser pour la suite. Elle était entrée en lutte. Elle n'allait pas jouer à la midinette. Il était trop tard.

Arrivée bien en avance devant l'hôtel-restaurant des Gens de Mer, elle regretta d'avoir fixé le rendez-vous à cet endroit. Elle en convint facilement. C'était idiot de se montrer ainsi à découvert. De s'exposer au tir d'un fondu de la gâchette, à l'agression d'un fou, au projet insensé d'un cinglé. Elle ne savait rien de ce quidam avec lequel elle avait rendez-vous. Et si c'était une femme, les choses pouvaient être encore plus incisives. Elle était prête déjà à lui arracher les yeux, pour lui faire payer tout ça !

Mais de quoi aurait-elle pu avoir peur puisque sa vie partait déjà en lambeaux. Elle allait essayer de sauver ce qu'il en restait et gare à celle ou celui qui aurait envie de décider pour elle. Elle était contente de se sentir forte, décidée, capable de tout. À en pleurer.

Il y avait des tags le long du mur d'en face. On y parlait de guerre secrète. Avec un accent aigu sur le « e ». Elle ne comprenait pas le message. Les gens faisaient ça, peut-être d'abord pour eux. Pour qui d'autre ? Elle ne voyait pas bien.

D'abord le commerce était fermé. Ensuite les portes et fenêtres du rez-de-chaussée avaient été occultées par du contreplaqué épais. Enfin la rue était déserte et une voiture garée se remarquerait comme le nez au milieu de la figure. Parce qu'elle n'avait pas l'intention de parler à quiconque pour se mettre en danger. Elle ne savait rien de rien mais elle pouvait justement en subir les conséquences. La délinquance, ça s'apprend. La riposte aussi.

Elle roula encore un peu en direction du port. Elle croisa un Fenwick qui retournait à toute petite vitesse vers la criée. L'homme en bleu et bottes blanches ne la regarda même pas. S'il fallait en plus du boulot qu'on s'intéresse aux passants…

Sinon les bâtiments de la Marine nationale entretenus régulièrement par les chantiers Piriou occupaient le fond du décor. Du gris encore. Comme si elle n'en avait pas assez en ce moment précis.

Puis elle pila. Quelqu'un venait de jeter une petite caisse en bois devant son capot pour la forcer à s'arrêter. Elle eut un haut-le-cœur puis elle poussa un cri quand la portière côté passager s'ouvrit et qu'un homme s'assit prestement.

— Mais qu'est-ce…

— Évite la caisse et roule poupée. Je te dirai !

— Je ne veux pas !

Elle avait crié assez fort. La vue d'un énorme pistolet la força à réviser ses classiques. Elle se tut et s'engagea sur le port en tournant vers la gauche. Elle remarqua aussitôt qu'il y avait des ouvriers en bleu de travail un peu partout. De quoi faire germer…

— Ôte ça de ta tête tout de suite ! dit le passager d'une voix grave qui avait bien compris. Si tu appelles au secours, tu auras eu tort de le faire… avant de mourir ! Admire plutôt ces beaux bateaux et reste sage comme une image. Ça vaudra mieux pour tout le monde !

Marina détestait cette condescendance machiste. L'autre, s'il en avait, c'était juste parce qu'il était armé. Sinon il était du genre à prendre les patins en rentrant dans le salon de bobonne.

— Promène-nous !

Elle fit avancer la voiture à petite vitesse.

— C'est ça, tu le fais bien ! Continue !

En cet instant précis, elle aurait tout donné pour l'étrangler en serrant lentement. Pour voir sa langue râpeuse sortir de sa bouche comme une vipère anémiée et baver sur son col de chemise. Pour voir ses yeux exorbités et son teint virer au carmin profond. Pour que ses sphincters l'abandonnent et qu'il se fasse dessus. Le voir crever à petit feu tout simplement. C'était son vœu le plus cher. Et ça lui donnait du courage !

De côté, elle voyait son visage huileux et elle sentait son parfum de Prisunic. Un truc à vomir. Mais ils n'étaient pas là pour une promenade bucolique. Il ne fallait pas non plus se croire dans l'une de ces séries imbéciles qui meublent les programmes télé. Elle ne rêvait pas et ses envies de meurtre étaient encore latentes.

La promenade dura le temps de passer lentement devant le restaurant La Coquille puis de remonter vers le Passage-Lanriec. À mi-côte, le passager se mit à faire des signes cabalistiques pour qu'elle comprenne qu'elle devait s'engager dans une petite rue à droite et s'arrêter. Elle eut envie de le claquer pour lui ôter l'envie de se prendre pour le roi du monde mais ce n'était probablement pas le moment, n'est-ce pas ?

Une fois le véhicule garé au ras du trottoir, il ordonna :

— Coupe le contact et file-moi les clés !

Marina obtempéra. Elle n'avait guère le choix.

— Kes tu' m' veut ? dit l'inconnu en singeant le parler des banlieues, gestes compris.

— C'est à moi de vous demander ça ! Vous aviez rendez-vous avec mon mari, non ? Pour quel motif d'ailleurs ? Il vous connaît ?

— Tu es bien curieuse, dis donc ! Oui, je le connais. Enfin, on s'est vus une fois et la raison de notre rencontre très perso, ça ne te regarde pas. Je suis assez clair là ? Ensuite ton mari, c'est pas toi ! Qu'est-ce que tu fous là alors ?

— Il ne pouvait pas venir. Il a eu un empêchement.

— Ah oui, l'entorse !

Il posa sa main gauche grande ouverte sur la cuisse droite de la jeune femme et il serra en ricanant.

— Vous me faites mal ! dit-elle en grimaçant.

— C'est fait pour ça, ma belle ! Pour que tu comprennes bien à qui tu as affaire ! Je peux t'en faire beaucoup plus si tu continues à me balader avec tes boniments. Fais attention !

— Lâchez-moi, je n'ai rien fait !

L'homme desserra son étreinte.

— Alors comme ça, ton mec il a fait une mauvaise chute ?

— Ça arrive, non ?

— De rencontrer un car de flics de bonne heure le matin aussi !

Il rit bêtement.

— Ils aiment bien cette heure-là. Ils sont encore très frais. Et puis il y a parfois de belles choses à voir, comme toi. Tu dois être craquante en nuisette ! On entre dans l'intimité des bonnes gens. On bouscule si on veut. On joue aux cadors. Forcément à plusieurs ! Et on a la loi pour soi !

Il s'essuya les lèvres de la main.

— Et ils ont chopé ton mari. Dis-le tout de suite où je t'en mets une pour accélérer la réponse !

Marina leva le bras pour se protéger.

— Euh oui !

— Ben tu vois ! Tu sais être mignonne quand tu veux ! Continue à être coopérative et tout ira bien.

Il ricana.

— Sinon, on s'en prendra à ta famille. Tu sais ta vieille mère qui vit seule, ta sœur qui joue falbalas pour cacher ses rondeurs. Ton fils qui marche seul sur le trottoir. Ah ah ! Et ce sera de ta faute…

— Mais qu'est-ce que vous voulez à la fin ?

— D'abord que ton mec, il la boucle en taule ! Ce n'est qu'à cette condition qu'il sortira blanc comme neige. Et ça nous intéresse qu'il sorte du placard, tu vois. On est en compte !

— Qu'est-ce qu'il aurait à dire ?

— Des trucs qui ne regardent pas les jolies femmes dans ton genre. Et puis je n'ai pas envie de faire de mauvaises rencontres comme lui. J'aime bien faire la grasse matinée, moi !

L'homme bomba le torse.

— Mais s'il a des choses à nous dire, nous, on veut bien l'écouter. On pourrait trouver un terrain d'entente. Il fait passer le message quand il est décidé. On peut même l'aider à sortir. Avec un petit coup de pouce, l'enquête peut vite tourner en eau de boudin. Faudrait qu'il soit généreux envers nous. Ensuite on règle notre petite affaire et on n'en parle plus.

— Il n'est même plus dans le Finistère. Ils l'ont transféré dans un autre département.

— Je sais tout ça et je sais même où. Tu pourras très vite faire passer un message par l'avocat qu'on a contacté. Juste pour lui dire de jouer franc jeu. Il comprendra très bien. Surtout si c'est assorti des risques qu'il ferait courir à sa famille en ayant décidé de se répandre comme une grosse larve !

Marina s'insurgea :

— Mais c'est quoi tout ça à la fin ?

— Simplement des histoires d'hommes, ma petite ! Nous, on aime bien les jeux violents et on sait faire des trucs cons. On est plusieurs à être comme ça. Ceux qui en ont assez ou qui morflent grave se rangent des bagnoles mais d'autres peuvent pas s'empêcher. Comme moi ! Je vois que le tien sait la fermer puisque tu ne comprends pas ce qui se passe. Qu'il continue, ça vaudra mieux ! On verra après. Et toi pareil, évidemment. Enfin si vous voulez vous en sortir et reprendre votre petite vie bien pépère plus tard ! Autrement on va sévir, faire le ménage ! S'énerver bêtement quoi ! C'est dans nos gênes !

— Mais il n'a rien fait !

— Tout le monde a des trucs à se reprocher, un jour ou l'autre ! Pour moi c'est clair, c'est de naissance !

Il s'esclaffa, content de lui. Puis il lui tendit les clés de contact.

— Je suis garé juste derrière toi. Vu ce que je t'ai dit de ta famille et tout ça, tu vas attendre que je tourne le coin de la rue avant de mettre la clé. Si l'on doit se revoir, ce sera que notre entretien d'aujourd'hui n'aura pas porté ses fruits. Ce sera très dommage parce que je n'aurai plus la possibilité d'être aussi gentil. Et alors ton petit mari sera forcé de comprendre enfin où se trouve son intérêt. Serait bête de se blesser gravement en tombant dans l'escalier. Il en faut du temps avant d'arriver à l'hôpital ! Y en a qui claquent dans le fourgon. Si, si ! Ça s'est vu !

Marina baissa les yeux vers sa cuisse.

— Oui je sais, dit l'inconnu, j'ai serré un peu fort. J'ai senti le muscle se raidir et je t'ai fait mal. Il le fallait pour que tu comprennes que tout ça ce n'est vraiment pas un jeu. Pour personne, moi compris ! Tout le monde a des intérêts dans la vie. Et c'est pas forcément les mêmes que ceux du voisin.

Elle ne comprenait rien. Le passager continua son discours :

— La prochaine fois je caresserai au lieu d'être brutal. Ce sera quand même plus sympa. Les temps sont comme les saisons, ils changent. Va savoir. Passe le message et fais gaffe, la miss. Fais vite parce que ça urge un brin pour tout le monde. Chacun a ses impératifs.

Il rit.

— Et puis, un accident est si vite arrivé ! On a encore besoin de toi, non ?

Elle le regarda quitter la voiture et s'installer dans la sienne. Il ne tourna pas la tête en passant. Ce n'était qu'une femme et il était satisfait. Il l'avait bien cadrée, mise au pas. De quoi satisfaire son statut de macho qu'il avait tellement plaisir à étaler. Sans compter sur Marina.

L'après-midi avait été intense et rude pour elle. C'était beaucoup. Avec Landowski, elle en avait fait ni trop ni trop peu. Avec celui-ci, elle était restée sur ses gardes, lui donnant à croire ce qu'il souhaitait. Elle avait mentalement serré les poings sans sortir des lignes. Pour Jean, pour Jamie. Pour eux, elle devait être forte. Mais c'était un peu dur quand même. Elle était seule. Personne ne pouvait la voir. Alors Marina laissa l'émotion l'envahir. Elle en avait bien le droit.

Quelques minutes plus tard, le calme revenu dans son corps et son esprit, elle se repassa un à un les derniers mots du malfrat. Elle n'appréciait pas du tout la dernière phrase, sibylline à souhait qui laissait entendre qu'elle n'en avait pas fini avec tout ça. Il ne connaissait pas Marina. C'était une menace à ne pas lui faire. Il n'avait pas joué gagnant sur ce coup-là. S'il voulait l'embarquer dans un trip tordu, il allait tomber sur un bec.

Et se faire mal, très mal.

III

— Salut Ange !

Ange P. que le commissaire Landowski venait d'appeler au téléphone, était un collègue et ami de longue date. La prise de contact était toujours directe.

— Ah c'est toi Lando ! Je me disais aussi…

— Quoi par exemple ?

— Que tu restais bien silencieux pour un actif comme toi. À moins que tu ne sois en train de ronger ton frein du côté de Port-Manech ou autres lieux balnéaires !

— Actif ? T'as de ces mots. Je passe mon temps entre bavasser devant des stagiaires aux quatre coins de l'hexagone et pantoufler à Trévignon en terrasse entre deux escapades. J'aurais mieux à faire, c'est certain.

— Pendant ce temps-là, nous, on fait des heures. On dort peu et on mange froid. T'es jamais content !

— Pour la mer, je ne dis pas. C'est agréable. Le matin à marée basse, tu sens bien les effluves un peu forts du goémon qui rentrent loin dans les terres. Y en a qui préfèrent l'odeur du napalm. Chacun son truc !* En ce qui concerne le rôle de prof, je me force un peu.

— Même si je connais déjà la réponse je te demande ce que tu voudrais faire à la place !

Ange ne pouvait le voir mais Landowski trépigna comme un gamin.

— Mais faire comme il y a quelques mois ! Mener l'enquête ! Courir après les vilains ! Les mettre au trou ! La vie d'un flic normal quoi !

— Sauf que tu as progressé dans la hiérarchie et que bientôt, tu ne sauras plus tirer le premier. En pantoufles, on risque toujours de glisser ! Ah, ah !

— Taratata ! L'affaire qu'on a menée ensemble s'est bien terminée.** Y'a eu un peu de casse mais c'est toujours comme ça. Toi et Jim,*** vous avez été super bons sur ce coup-là !

— On a fait le job, c'est tout !

— Qu'est-ce qu'il maquille le Jim en ce moment ?

— Oh là là ! Il a fait ses cartons du 36 pour aller crécher aux Batignolles au nouveau siège de la PJ. Tu te rends compte Lando ! Aux Batignolles. Y'a plus d'respect !

— Qu'est-ce que tu t'énerves ? T'es même pas concerné !

---

*Allusion à la phrase culte de Robert Duval dans *Apocalypse Now*.

**Lire *La belle endormie de Port-Manech*, même auteur, même collection.

***Jim Sablon, autre collègue et ami du commissaire Landowski.

— Je répétais juste ce que dit Jim ! Tu sais, c'est un titi parisien. Un vrai de vrai ! Au-delà du périph, c'est l'Amazonie pour lui.

— Mais il y reste à Paris ! Il change juste de quartier ! Même pas de numéro !

— Ouais mais il y a le "Quai" et le reste du monde, tu le sais bien !

— En même temps c'était un peu vétuste Quai des Orfèvres. Rappelle-toi les bureaux dans les combles ! Et l'escalier !

— Cent quarante-huit marches recouvertes d'un vieux lino caressé par les semelles des grandes pointures du crime. Mythique !

— Nostalg' ! Avec la PJ *new-look* ça va changer !

— Attends qu'elle soit vraiment installée au 36 rue du Bastion. Encore un clin d'œil tiens !

— J'ai su qu'il y avait eu des problèmes d'intendance dans la nouvelle crèche…

— L'opération, c'est quand même déménager un mammouth ! Même la poussière pèse des tonnes ! Au début, c'était la cantoche qui ramait un peu. Normal, en même temps. Mais Jim a quelques bons plans dans le quartier. Il a toujours l'adresse d'un p'tit bouchon où on te sert encore un pot-au-feu sur une nappe à carreaux !

— C'est toujours mieux qu'au self !

— Question d'ambiance, Lando ! Et puis on peut parler de nos petites affaires sans déranger le voisin.

— Et sinon c'est comment le début du nouveau vaisseau de guerre contre le crime ?

— La BRI reste au Quai. C'est plus central. Sinon les Stups et la Crime prennent leurs nouveaux quartiers. Ensuite viendra les hautes sphères qui vont s'installer au huitième. Sinon les transfèrements des suspects du et vers le Palais de Justice vont donner du boulot aux escortes. Pour ça, ils ont mis en place une USA, unité de surveillance et d'assistance. On verra bien. Après, le Palais sera dans le même secteur, comme tu sais. Il reste des choses à mettre en place, c'est normal. C'est comme tout.

— Tu as visité ?

— Pas longtemps. Tu connais la vitesse de déplacement de Jim. Il cavale dans les coursives comme un coolie à Saïgon ! Il m'a montré le stand de tir au sous-sol et les cellules de garde à vue au quatrième et au cinquième. Ils ont instauré un sens de circulation pour que les clients ne croisent ni les victimes ni les témoins. Puis ça m'a gavé un peu les couloirs vides et ces bureaux empilés comme des boîtes vides.

Ange se mit à rire.

— Il m'a montré son nouveau bureau ! C'est encore en vrac mais y a truc auquel il a pensé tout de suite ! Il a posé un sous-verre avec une photo de nous trois !

— Je m'attends au pire ! C'est quoi comme cliché ?

— La première fois qu'on s'est vus ! La toute première fois même ! C'était à Oran ! Ombre et soleil ! On est assis sur un banc dans un patio. “Les Moustiques” ça s'appelait. J'ai cru entendre l'eau couler dans la vasque. Tu te souviens ?

— Très bien ! On a des tronches pas possibles sur cette photo. Genre expatriés soixante-huitards. Fringues vintage, cheveux hirsutes et barbes idem.

— Je me suis marré en nous voyant comme ça. Jim pareil ! On a fait un peu de bruit, surtout que ça résonne quand il n'y a pas les meubles.

— Je l'ai aussi, cette photo.

— Tu l'as montrée à Lorraine ?

— Pour me choper une vieille décote ? Pas question !

— C'est un bon souvenir. Ce jour-là, on ne savait pas qu'on ne se quitterait plus !

— On a bien fait !

— Ensuite on est allés tous les deux boire un verre en évoquant la belle endormie. Pas celle de Port-Manech, celle de la rue de l'Aqueduc, à Oran.

— Je m'en souviens aussi…

Un ange passa. Ou un démon.

— J'ai bien aimé qu'on retravaille ensemble sur ce coup, reprit Landowski.

— Mais c'est quand tu veux, Lando ! Au 36 comme à la DGSI, tout le monde est habitué à te voir nous débaucher l'un et l'autre pour aller jouer aux cow-boys et aux Indiens ! La hiérarchie a laissé tomber depuis longtemps.

— Les résultats sont là aussi. Disons que ça arrange tout le monde.

— On se voit quand alors ?

— Justement, j'ai peut-être un truc pour toi !

— *Yes* ! La vente continue pendant les travaux ! Et c'est quoi cette fois ?

— Il y a deux jours, j'ai eu la visite d'une jeune femme…

— Jolie ?

— Oui mais pas que ! Elle venait me raconter que les archers ont débarqué chez elle dès potron-minet pour serrer son mari.

— Ils ont fait du vilain ?

— Pas vraiment. Disons qu'ils se sont fait avoir par le mec, un joggeur encore très chaud de la course matinale qu'il venait juste de terminer. Il s'est barré en leur claquant la porte au nez !

— C'est arrivé où cette fois ?

— Rosporden. Une commune plus dans les terres. La rivière qui va à Pont-Aven y passe. Il y a trois étangs qui communiquent, des cygnes… Bref ! Un endroit calme juste dérangé par le TGV ! Les mecs, ils ont eu du mal à l'avoir. Il connaît bien le coin. Ils ont fini par le coincer quand même. Ils ont procédé aux sommations d'usage puis tiré une cartouche pour l'intimider. De quoi faire jaser en ville. Ça fait western ! Finalement ils ont pu le coller dans le fourgon et dégager sous le regard de sa femme.

— Pour l'instant, c'est du classique ton truc. Y'a que le décor qui change ! Sauf que…

— Que quoi ?

— Généralement, quand il y a ce genre d'intervention, les gens qui n'ont rien à se reprocher en restent babas et ne se mettent pas à fuir comme des lapins. Un groupe d'intervention, ça fait de l'effet sur le quidam !

— Et alors ?

— D'après ce que j'entends, il ne s'est pas contenté de se barrer mais il leur a donné du fil à retordre avant de se rendre.

— Donc pour toi, ça en fait un coupable !

— Suspect au moins ! Il a réagi à la surprise comme un de ceux qu'on met régulièrement au placard. Il aurait pu partir sur un coup de tête et se rendre une fois dehors. Pas lui ! Il a essayé de les semer et il a fallu une semonce pour le faire plier.

— Bien vu Poirot !

— Sa femme dit qu'il est innocent ?

— Ben oui !

— Moi j'dis qu'il faudra qu'il le prouve ! Je vois bien le juge lui demander pourquoi il s'est carapaté s'il n'avait vraiment rien à se reprocher.

— L'instinct de survie !

— Faudra qu'il ait un motif en béton, le mec ! Et il fait quoi à part courir et détaler ?

— Il est cadre sup’ dans une entreprise du coin. Je ne sais pas trop quoi au juste. Il se déplace de temps en temps en France et en Navarre pour son boulot. Des achats, des ventes, ce genre de trucs.

— Qu’est-ce qu’on lui reproche ?

— Ils ont parlé d’une affaire criminelle. L’épouse n’en sait pas plus.

— Elle a pu le voir ?

— Ben non !

— Elle peut lui écrire.

— Contrôle du courrier à l’arrivée. Rien ne se perd. Tout se transforme.

— Il est à l’Hermitage à Brest ?

— Pas eu le temps ! Ils l’ont transféré le soir même dans un autre département.

— C’est ça qui te fait tiquer ?

— Ça et la manière d’opérer ! Une équipe d’intervention au saut du lit, un quartier bouclé, silence radio, transfèrement dans la foulée…

— Peut-être que c’est du lourd ce qu’on lui reproche à ton zig !

— C’est pas Mesrine quand même !

— Des fois…

— Maintenant qu’elle m’a parlé de son aventure, j’aimerais bien en savoir plus.

— Et c’est pour ça que tu appelles ton pote Ange !

— Ben oui ! À la DGSI, on sait tout et sur tout le monde ! Tu vas sur le logiciel journal des encours et tu auras le condensé de l’affaire.

— Le résumé risque d'être succinct, tu le sais bien.

— S'il en est, il y aura un mandat d'amener, un juge nommé. Des trucs comme ça. De quoi creuser un peu, j'te fais pas un dessin quand même !

— Je vois très bien que tu me colles du boulot supplémentaire !

— Quand tu feras ça, tu ne seras pas occupé à autre chose. C'est pas toi qui disais que tu n'avais pas quatre bras ?

— Peut-être mais j'ai encore un patron et, jusqu'à ce jour, ce n'est pas toi ! Faudra donc que je ruse…

— D'ici, je ne peux rien faire moi ! À part une enquête de terrain que je vais mener bien sûr. Pour le reste, je compte sur toi, tu le sais bien !

— La femme, elle t'a contacté comment ?

— Elle s'est pointée à la maison.

Étonnement non dissimulé du copain Ange.

— À quand même ! Lorraine va adorer !

— Y'a pas de lézard. Marina veut me parler. Je l'écoute. Je me dois quand même de répondre à sa demande…

— Tu l'appelles déjà par son prénom…

— Ne me cherche pas d'embrouille, tu veux !

— Elle t'a fait le coup du sauveur unique et magnifique, et toi tu fonces ! Tu ne sais même pas ce qu'il y a derrière tout ça !

— Je ne suis pas dupe, Ange. S'il y a anguille sous roche, je vais le savoir assez vite !

— Gaffe quand même. Tu ne sais pas ce qu'elle veut vraiment.

— Elle m'a paru *clean*. Sauf que…

Il hésita un temps avant d'aller plus loin puis il ajouta :

— Elle m'a menti.

— Déjà ? Ben tu vois.

— Raison de plus pour creuser. Y'a peut-être un trip intéressant au bout du compte.

— Tu vas te faire rouler dans la farine.

— Et elle ferait ça pour quelle raison ?

— Elle peut avoir des comptes à régler. Un plan. Voire un désir ! Et te faire porter le chapeau !

— Tu ne fais pas forcément confiance aux femmes, hein ?

— J'en ai eu une régulière. Je la regrette encore !

— T'inquiète. Je veille au grain ! Je te mets nom adresse téléphone en sms.

— Tu veux tout, tout de suite, je suppose ?

— Le plus vite sera le mieux, tu penses bien. D'ici qu'il faudrait que je reparte assez vite porter la bonne parole dans la France profonde !

— Dès que je peux, je m'occupe de ton affaire. J'te dis pas dans l'heure. On a des trucs sur le feu à la boîte. Un nouveau ministre et ça flambe !

— Si tu vois Jim, tu lui fais mes amitiés.

— De Levallois aux Batignolles, c'est pas très loin mais je ne vais pas le croiser tout de suite. En plus de son boulot, il est un peu occupé en ce moment.

— Œuvres sociales de la police ?

— Quelque chose comme ça si tu veux ! Il s'est dégoté une bergère !

— Une autre encore ?

— C'est Jim, Lando. Catégorie flic amoureux. On ne le changera pas !

IV

— Vous avez pu le voir, Maître ?

L'avocat se carra davantage dans son fauteuil. Par la fenêtre on apercevait les allées de Locmaria à Quimper mais sans entendre vraiment la rumeur de la circulation, double vitrage oblige.

Il saisit son super-stylo posé sur le sous-main devant lui et il en joua de l'index et du pouce des deux mains. Un instant de réflexion afin de poser les mots sur une partition avec violon mais sans contrebasse.

Quelques secondes encore puis il releva la tête, olympien.

— Oui chère Madame, j'ai eu un entretien avec votre mari. C'était avant-hier en fin d'après-midi au parloir des avocats.

— Il va bien ?

Le défenseur fit la moue en dodelinant de la tête. De l'embarras ou du cinoche. Difficile de savoir.

Il faut s'armer de psychologie quand on fait ce métier. D'un côté, la personne incarcérée, de l'autre le parquet et ses juges. Entre les deux, une famille généralement désemparée et qui n'a rien à voir avec l'affaire. Et puis les contingences habituelles de temps et de lieu. L'expérience montre qu'il vaut mieux distiller les informations au compte-gouttes, la brutalité de l'accusation pouvant provoquer des dégâts collatéraux. Il faut bien jauger l'interlocuteur, identifier les liens entre les acteurs. Sentir et pressentir.

Marina ne quittait pas l'avocat des yeux. Il était l'archétype de la profession. Du moins l'image que les films en donnaient. Elle doutait un peu du résultat, assurée qu'elle était par contre de commencer un voyage au long cours. Du temps et de l'argent. Si elle avait eu à choisir, elle en aurait pris un autre. Un contact avait été pris avec ce cabinet au nom de son mari. Peut-être Jean s'était-il mis en relation avec eux, à moins que ce ne soit son patron puisqu'ils étaient assez proches. Ensuite, la secrétaire l'avait appelée pour lui fixer ce rendez-vous.

Marina en avait mal au ventre d'attendre et le décor cossu n'était pas là pour la rassurer. Surtout cette statuette noirâtre d'une sorte de diable aux cheveux hirsutes et au rictus impressionnant, posée sur la cheminée juste derrière le fauteuil de l'avocat. Vraiment de très mauvais goût pour recevoir la famille d'un éventuel justiciable. Anxiogène, voire terrifiant. Comme si la justice immanente allait quand même faire son marché quels que soient les efforts déployés pour l'en empêcher.

— Oui, je peux vous dire qu'il va bien.

Marina attendait quelques mots de son mari. Rien de tel.

L'avocat leva les bras comme pour produire un effet de manches auquel il devait être habitué et ajouta :

— Autant que faire se peut dans de telles circonstances ! Vous savez, je ne souhaite la prison à personne. Même si mon gagne-pain est d'essayer d'en sortir mes clients ! Et je la souhaite encore moins aux innocents car il y aura toujours un avant et un après ! Il faut du cuir épais et une sorte d'habitude pour relativiser ce type d'expérience.

Marina reprit du poil de la bête en entendant ça. Le discours était moins académique que la posture. Même si cela ne servait pas Jean.

— Vous dites comme moi, Maître !

— Dans le cas de votre mari, chère Madame, et selon les éléments contenus dans le dossier, il pourrait s'agir d'une terrible méprise et je vous avoue que j'aimerais bien qu'il en soit ainsi. Quand la machine judiciaire est en marche, elle est capable de tout. Du pire souvent, du meilleur assez rarement. Mais il ne faut pas désespérer. J'en ai vu des…

Il venait probablement de s'apercevoir de l'agacement provoqué par son discours et se reprit.

— En d'autres temps et d'autres lieux, on aurait pu résoudre le problème assez rapidement mais…

Il reposa les coudes sur le sous-main et croisa les doigts :

— Le magistrat chargé de l'affaire est le juge Malbecques.

Il se redressa en bombant le torse.

— Bien sûr vous vous ne savez pas qui est le juge Malbecques ! Tant mieux pour vous devrais-je dire parce que c'est un homme qui a des marottes. Quelques idées arrêtées sur le fonctionnement de la justice et le traitement à infliger aux délinquants. Il vaut mieux être dans ses petits papiers, si vous voyez ce que je veux dire. En dehors sinon, c'est un homme charmant et d'ailleurs…

Pour éviter une nouvelle envolée lyrique, Marina le coupa :

— Ce n'est pas bon pour Jean ?

— Pas très non ! Surtout que votre mari ne coopère pas, mais pas du tout.

— Parce qu'il ne comprend pas ce qui lui arrive ! expliqua Marina. C'est simple !

— Savez-vous pour quelle raison, la gendarmerie est venue l'arrêter au petit matin ?

— Comment voulez-vous que je le sache puisqu'on ne m'a informée de rien du tout !

— Votre mari fait bien des déplacements pour son travail ?

— En effet ! Il visite des succursales, des dépôts et autres. Ça fait partie de son job puisqu'il gère les équipes du groupe qui travaillent dans le quart nord-ouest de la France.

— Il reste absent longtemps ?

— Généralement, il part pour une semaine, du lundi au vendredi.

— Et c'est tout le temps comme ça ?

— Non. Une fois par mois à peu près.

— Parfois, il revient le jeudi par exemple ?

— S'il a terminé plus tôt, ça arrive. C'est lui qui organise son planning et c'est l'activité qui prime. Le chiffre d'affaires ne se fait pas tout seul.

Marina bougea sur son siège. La conversation traînait trop à son goût.

— Pourquoi me posez-vous ces questions ?

L'avocat émit un bruit de bouche comme pour se donner une seconde de réflexion.

— La société qui emploie votre mari a bien un dépôt à Carpiquet en Normandie, en périphérie de la ville de Caen ?

— Oui bien sûr ! C'est d'ailleurs, le plus important de l'Ouest. Jean s'en est toujours occupé particulièrement. C'est un lieu vital pour l'entreprise. Les marchandises de valeur transitent par cette plaque tournante avant de rejoindre l'Angleterre et l'Europe tout entière.

— Il y a quelques mois, ce dépôt a fait l'objet d'une tentative d'effraction et de vol organisé par une équipe de malfaiteurs. Étiez-vous au courant de ça ?

— Forcément ! Mon mari m'en a parlé !

— L'alarme s'est déclenchée et la tentative délictueuse s'est soldée par un échec. Les individus ont abandonné le butin estimé à plusieurs millions d'euros dans une voiture qu'ils avaient volée la veille et ils se sont enfuis dans un second véhicule en direction de la ville où on a perdu leur trace.

— Je sais tout ça. Jean m'a raconté.

— Il était présent au bureau de Rosporden cette semaine-là ?

— Non, il y était justement, en Normandie. Enfin pas le matin de l'attaque. Il en revenait. Il était déjà en route. On l'a d'ailleurs appelé sur son portable et il a fait demi-tour.

— La police a mené l'enquête pendant quelque temps puis elle a retrouvé l'adresse de l'un des voleurs. Ils ont fait comme pour chez vous et ils se sont pointés de bonne heure. L'homme a eu plus de chance que votre mari. Il est parvenu à s'enfuir mais il a abandonné derrière lui un grand sac noir qu'il s'apprêtait probablement à emporter dans sa cavale. Il devait savoir que l'étau allait se refermer sur lui et il avait formé le projet de disparaître au plus vite. Ce qu'il a fait d'ailleurs !

Marina ne dit rien mais elle avait une petite idée sur le physique du fuyard.

— Les policiers ont soigneusement examiné le sac en question. Il n'y avait pas grand-chose d'intéressant à l'intérieur. Ils ont imaginé que l'homme avait déjà placé des affaires dans sa voiture, qu'il avait pu avoir un pressentiment et abandonner le dernier sac vu que le contenu de celui-ci n'était pas indispensable pour lui.

— Il y avait quoi dans ce sac ? demanda Marina, soucieuse d'en savoir davantage vu l'effet théâtral utilisé par l'avocat autour de l'objet.

Le défenseur inspira profondément.

— Il y avait des choses…

— Précisément ?

— Des journaux des jours suivant la visite de l'équipe de malfaiteurs et qui relataient les circonstances du casse, photos à l'appui. Il y avait un plan de ville avec un itinéraire marqué au stylo rouge, une petite bouteille d'eau entamée, un étui en plastique refermable et vide.

— Pas grand-chose en fait, rétorqua aussitôt Marina. Presque brutalement.

— Il y avait aussi un plan des locaux de l'entreprise visée. Un dessin à main levée décrivant précisément la distribution des pièces, les couloirs de circulation et les points de passage.

— Ils avaient bien préparé leur coup !

— Sauf qu'ils ont été contraints de laisser tomber !

L'avocat se tut. Marina le fixa. Quelque chose ne tournait pas rond. On allait où comme ça ?

— Je vous ai dit qu'il y avait dans le sac une bouteille d'eau et une pochette en plastique, reprit l'avocat qui s'était redressé.

— Oui et alors ! répondit Marina sur ses gardes.

— Je suis désolé mais sur ces deux objets, la police scientifique a retrouvé deux empreintes très nettes…

Vu la mise en scène, Marina s'attendit au pire.

— Elles ont été identifiées ?

— Formellement ! Elles sont identiques. C'est l'empreinte de l'index droit de votre mari !

V

— Maman !

Le cri du cœur d'un jeune enfant qui retrouvait sa mère.

— Jamie ! Mon Jamie !

Marina souleva l'enfant de terre et embrassa son fils en le pressant d'une main grande ouverte dans le dos. Comme si elle voulait faire corps avec lui. Une femme d'un certain âge qui passait rue de Reims avec son cabas fleuri s'arrêta pour regarder la scène. Elle se fendit d'un sourire joyeux et, dans ses yeux un peu ternis par la vie, s'alluma un éclat furtif. Peut-être vivait-elle à nouveau une certaine idée du bonheur en assistant aux retrouvailles d'un enfant et de sa mère. Elle ne s'attarda pas. La solitude l'attendait au bout de la rue. Le bonheur est tellement éphémère.

Marina avait confié son fils à sa sœur le temps que les choses se tassent un peu. Juste quelques jours. Il n'était pas question de se séparer de son fils plus longtemps. Avec un mari incarcéré, elle avait bien besoin d'une présence à la maison. C'était assez difficile comme ça.

Pour tout dire, sa vie avait basculé au petit matin blême sur les bords de l'étang. Elle avait subi l'intrusion des gendarmes alors qu'elle était encore en nuisette ne masquant pas grand-chose de son corps. Elle avait saisi des regards. Les hommes ne savent pas facilement détourner les yeux. En d'autres temps, elle aurait probablement réagi. Ce matin-là, ses préoccupations allaient ailleurs. La violence des faits et l'incompréhension lui occupaient l'esprit.

Jamie aussi devait se poser des questions sur ce qui était arrivé à son père. Sans trop en comprendre la gravité. Il est un âge où l'insouciance n'est pas encore trop entamée et c'est très bien ainsi quand on sait ce que la vie adulte peut générer comme déception et rancœur. Le petit bonhomme était surtout fier de son papa et il ne se lassait pas de raconter la scène dans la cour de récréation. Il s'octroyait le beau rôle en rajoutant des détails et en faisant durer la séquence. Il pouvait légitimement gonfler les pectoraux. Y croire seulement. La gonflette viendrait plus tard.

S'il n'avait pas crié, ces hommes en noir se seraient saisis de son père sans qu'il puisse s'y soustraire. Probablement qu'il avait aussi échappé à la vision d'une scène douloureuse où son père, bien décidé à ne pas se laisser faire, aurait été ceinturé et peut-être plaqué à terre dans une position peu glorieuse. Parfois, les acteurs oublient qu'il y a des enfants comme spectateurs. Dans le fond, les policiers, remplissant normalement leur mission, n'avaient pas eu besoin d'avoir recours à la force devant un petit gamin aux yeux écarquillés admirant son père, ce héros. C'était déjà beaucoup.

Jamie s'empressa d'ouvrir la porte et de pénétrer dans la maison alors que les deux sœurs approchaient plus lentement du seuil. L'habitation était agencée d'une façon un peu particulière. Probablement parce qu'on avait transformé de grandes maisons anciennes en logements modernes pour préserver la rentabilité financière de l'opération.

L'entrée sur la rue ne donnait pas directement sur un appartement de plain-pied mais sur un vestibule sans ouverture bien occupé par un escalier desservant l'étage. Sur la gauche, une porte ouvrait sur une buanderie puis sur un garage accessible aussi en empruntant le porche jouxtant le presbytère.

Même en faisant ça, on n'y était pas encore parce qu'il fallait longer une parcelle arborée avec un virage sur la droite et grande comme un mouchoir de poche. En fait plusieurs maisons individuelles étaient imbriquées et il avait certainement fallu un examen topographique pour que la gendarmerie puisse savoir exactement où se situait le logement et surtout en identifier la bonne porte d'accès. Un peu comme si cette discrétion architecturale était utile aux occupants des lieux.

L'escalier menant à l'étage débouchait sur un large palier desservant à gauche la salle de bains et, à droite, un dressing agencé à la mode avec étagères en bois ciré et penderies dans les angles.

En suivant le couloir, on arrivait à la cuisine puis au séjour donnant sur l'étang et la voie de chemin de fer. Les chambres étaient à droite. Celle de Jamie avait une porte ouvrant face au palier. C'était de là qu'il avait pu prévenir son père qu'un comité d'accueil l'attendait de pied ferme.

— Tu veux un café ?

Jamie avait déjà filé dans sa chambre pour reprendre possession de son domaine et les deux femmes venaient d'entrer dans la cuisine.

— Il est pressé de retrouver son coin à lui, on dirait ! constata Rosie sans répondre à la question.

— Il va se mettre assis en tailleur sur son lit et il va se faire un film de ce qui s'est passé, je pense.

— Il sera peut-être un peu moins triste.

— Il t'en a parlé ?

Rosie inspira fort.

— Son papa, il l'admire !

— C'est déjà ça.

— Manquerait plus que ses copains de l'école en parlent mal.

Marina secoua la tête.

— Je ne me fais pas de souci pour ça. Mon p'tit gars sait se défendre ! Il l'a déjà prouvé.

— Tu as des nouvelles de son père ?

— Si peu pour l'instant mais l'avocat dit que ça va.

Marina soupira.

— Tu peux t'asseoir, tu ne paieras pas plus cher, dit-elle sur un ton faussement enjoué. Je te sers un café.

Rosie sentait bien que Marina faisait la fière pour masquer son désarroi. Dans tout Rosporden, il était question de l'assaut de la gendarmerie et de la fuite éperdue de Jean. Un vrai film policier. Comme partout, il y avait ceux qui le défendaient et criaient à l'abus de pouvoir et les autres qui usaient du « pas de fumée sans feu » si facile pour habiller pour l'hiver le condamné d'office.

Rosie se laissa tomber sur la chaise en poussant un ouf de soulagement.

— Il faut grimper chez toi ! L'escalier est un peu raide non ?

— T'as encore grossi ? demanda Marina.

L'une était aussi mince que l'autre était bien en chair.

Rosie plaisanta :

— Mais moi je bouffe, tu le sais bien ! J'ai toujours faim et je finis les plats pour ne pas jeter !

— Bonne excuse ! Tu devrais faire plus attention quand même.

— J'sais bien. J'ai du cholestérol et de la tension. Le médecin m'a dit de manger des légumes à la place des pâtes au fromage. Le problème c'est que je suis capable de m'occuper des deux plats à la suite !

— Et bien sûr, tu n'en fais qu'à ta tête. Tu pourrais…

— Forcément toi, tu as toujours été mince, sportive. Et belle ! Tu as toujours eu du succès. On sortait le samedi soir. Y' avait toujours un mec qui avait son permis pour nous y emmener. Avec peut-être une petite idée derrière la tête !

— Faut tenter sa chance pour réussir !

— Le plus souvent, on allait danser à Cadol. C'était pas loin et l'ambiance était super. Des beaux mecs, y en avait à faire le tour de la salle au moment des slows. C'est bien simple, toi tu n'avais qu'à choisir. Moi je me rabattais sur le dernier boutonneux ou alors je gardais les sacs !

— Pas tout le temps, t'exagères ! Je t'ai vue sur le parking parfois. Et en agréable posture !

— Oui mais toi, tu avais droit aux dossiers rabattables ! Moi, c'était plus rustique !

— T'en as quand même profité !

— J'suis sortie avec quelques-uns, c'est vrai. Seulement, le samedi suivant, ils en avaient trouvé une autre !

— Tu as bien fini par dégoter un mari et fonder une famille !

— Hubert est un gentil. On dirait qu'il est encore adolescent avec ses cheveux bouclés. Il est adorable avec moi et avec les enfants mais…

— Tu n'espérais pas te faire Alain Delon non plus ! Même pas moi…

— Seulement aujourd'hui, les mecs, ils se retournent encore sur ton passage. Pas sur moi ! Je les vois bien quand on va au supermarché ou même dans la rue ! Si tu voulais…

Marina coupa court.

— Justement, je ne veux pas !

— Moi, même si je voulais…

— Mets-toi au jogging ! Fais des mouvements chaque matin au réveil. Va à la gym ! Et puis surtout, arrête tes snacks, tes trucs salés, sucrés, gras ! Tu ne regardes pas les messages à la télé ?

— Bien sûr que si que je les vois ! J'ai essayé de faire des efforts. J'ai arrêté les glaces par exemple !

— C'est bien ! Tu es sur la bonne voie ! Résiste, persiste !

— Tu dis ça toi qui te balades avec un corps de star. On dirait que t'as juste vingt ans ! Tu n'as pas à lutter ! Sauf à les repousser, c'est dire ! Moi, rien. Du coup, quand je reviens à la maison, j'ai tout de suite envie de grignoter.

— Arrête les rillettes ! Mange des carottes, des fruits ! Bois de l'eau avec rien dedans ! Pas des bulles bourrées de sucre !

— T'en as de bonnes toi ! Sur la table, il y a toujours une boîte de gâteaux qui traîne ou une tablette de chocolat entamée. Je pioche en passant, tu penses bien ! Je pousse avec un soda ! Puis je recommence…

Rosie soupira et sa généreuse poitrine se souleva. De quoi produire un geste d'impuissance de sa propriétaire.

— Bon, maintenant tu arrêtes de me faire la leçon. Je te promets que je vais essayer.

— Un bon point !

Puis elle revint au sujet plus grave de l'arrestation de son beau-frère. Elle avait envie de savoir.

— Pour ce qui est de ton affaire, tu vas te décider à m'en dire plus ou quoi ?

Marina servit le café.

— Tu sais qu'ils sont venus chercher Jean l'autre matin…

— Tout le monde en parle ! Surtout qu'ils ont essayé de le tirer comme un lapin. C'est choquant, non ? Et s'ils l'avaient tué ?

— Ils l'ont poursuivi, ça c'est vrai. C'est vrai aussi qu'il les a baladés. C'est un sportif. Il fait attention à ce qu'il mange lui et il boit de l'eau plate.

— Allez, vas-y que j'te !

— S'ils ont tiré, c'était pour l'obliger à se rendre. Il était prêt à résister encore. Je crois qu'il n'a pas trouvé le terrain qu'il lui fallait. Sinon, ils n'auraient pas mis la main dessus. Ou alors plus tard. À la nuit peut-être.

Marina renifla instinctivement avant de continuer :

— Après réflexion, je ne peux pas croire qu'ils aient réellement voulu le tuer. Il ne les menaçait pas. Il n'avait pas d'arme et il était les pieds dans la vase. D'ailleurs, on me l'a assuré après. Ce n'était que l'application normale des procédures.

— Mais ils auraient pu. Chais pas moi, un accident…

Les yeux de Marina semblèrent se mouiller. Elle détourna le regard. Difficile d'afficher un courage sans faille quand on a des images dramatiques qui vous traversent l'esprit.

— Il va bien, je t'assure.

Elle voulait s'en persuader.

— Tu vas aller le voir ?

— Il a juste le droit de m'écrire et c'est tout. Moi aussi mais pas question de sortir des banalités. Sinon ma lettre irait directement chez le juge. Pour l'instant, il ne m'a pas accordé de droit de visite. D'après l'avocat, il attend un signe de bonne volonté de la part de Jean avant d'en faire un en retour. Donnant donnant !

— Qu'est-ce qu'il lui demande ?

— D'avouer des trucs, je crois bien. Comme s'il savait quelque chose sur ce foutu casse !

— Mais qu'est-ce qu'il a fait ?

— On l'accuse mais il est innocent. Je le sais. On l'a mis dans un sacré pétrin. Je voudrais bien savoir qui et pourquoi.

Marina but une gorgée de café.

— Il était là au mauvais endroit, au mauvais moment. C'est ce que je crois, dit-elle. L'avocat est de mon avis.

— Le journal ne dit pas grand-chose. Raconte-moi ce qui s'est passé ! demanda Rosie avec insistance.

— C'était un jour où j'étais de repos. C'est même toi qui as récupéré Jamie à l'école la veille.

— Ah oui, je vous l'ai ramené le lendemain après le dîner. Il voulait voir une série à la télé avec les miens mais je crois me souvenir que vous êtes rentrés tard.

Marina regarda Rosie puis elle reprit sur un ton plus grave :

— Tu sais Jean est responsable de région dans sa boite. Il est régulièrement en déplacement pour contrôler que les agences font bien leur boulot et que l'activité tourne rond. C'est à lui de régler les problèmes s'il y en a. Il y a deux mois de ça, il est allé en Normandie. Au nord de Caen, il y a une zone industrielle très importante. C'est sur la route de Bayeux, tu localises ?

— Je vois à peu près. Ils ont un dépôt là-bas ?

— L'un des plus importants. C'est probablement pour cette raison que ça a donné des idées à des voyous. Au petit matin, ils ont attaqué la boîte pour voler les valeurs entreposées. Y en a toujours pour de l'argent, c'est Jean qui me l'a dit. Ils ont presque réussi leur coup. Seulement l'alarme s'est déclenchée et ils ont été obligés de fuir puis d'abandonner le butin et la voiture volée.

Rosie secoua la tête d'incompréhension.

— Mais qu'est-ce que ton mari a à voir avec tout cela ? Il a laissé la porte ouverte ou quoi ?

— Non heureusement ! Les flics sont arrivés sur les lieux un peu trop tard.

— Mais Jean alors ?

— Ils ont mené l'enquête et deux mois après, ils ont failli surprendre l'un des braqueurs chez lui. Manque de pot ! Ils n'ont trouvé qu'un sac de sport que l'autre avait laissé en filant à l'anglaise. À l'intérieur, ils ont trouvé des objets avec l'empreinte de l'index droit de Jean sur deux d'entre eux !

Elle ne donna pas de précision sur les objets. Soit pour la bouteille d'eau mais l'étui à slips de femme…

— Oh m… ! dit Rosie en écarquillant les yeux. C'est mieux qu'un feuilleton !

Elle ajouta :

— C'est quand même dingue cette coïncidence !

— Malheureuse même, tu vois !

— Mais ils ont vérifié comment ?

— Passeport biométrique, je pense. On en a chacun un depuis qu'on est partis en voyage, il y a deux ans.

— Quoi d'autre ?

— À côté, il y avait aussi le plan des lieux dessiné sur un papier !

— Tracé par ton mari ?

— Y'a pas de raison ou alors, y en a une toute simple mais comme je m'attends au pire…

— C'est une machination. On lui en veut !

— Peut-être. Je ne sais pas.

— Et lui, il dit quoi de tout ça ?

Marina repensa à l'entretien avec cet inconnu du côté du Passage-Lanriec.

— Il ne dit rien justement. Et c'est ce qu'on lui reproche.

— Mais s'il ne sait rien…

— C'est un dialogue de sourds. Tu penses bien que le juge veut coincer toute la bande. Il est persuadé que Jean en fait partie. Donc il utilise les indices qu'il a en sa possession pour l'enfoncer. Il a même dû lui promettre de porter le chapeau pour tout le monde s'il continuait à se taire. Et les empreintes, c'est imparable. Comment veux-tu qu'il explique ça devant un jury ?

— Et donc, tant qu'on en restera là, tu ne pourras pas voir ton mari…

— Exact !

Rosie reprit sa respiration et grimaça :

— Eh ben ma p'tite sœur, t'es pas sortie de l'auberge ! On dirait un téléfilm à épisodes. Un truc qui rebondit tous les soirs pour capter l'audience.

— Je préférerais que ce soit une fiction tu vois !

— Qu'est-ce que tu vas faire ?

— D'après l'avocat, c'est un peu bloqué. Jean ne va pas avouer des choses qu'il n'a pas faites et le juge va le laisser mijoter en attendant que ça sèche. Il sait bien que Jean n'a aucune expérience de la prison. Faut connaître le milieu pour supporter ça. La saleté, la promiscuité, le racket. Les vieux briscards en font voir aux nouveaux venus. Il va finir par déprimer.

— Et taper à la porte pour avouer n'importe quoi ?

— Je n'espère pas mais…

— Il sera libéré s'il parle !

— Pour servir d'appât et se faire tuer ? Je n'y crois pas un instant. Le juge l'enfoncera encore un peu plus. Je préfère qu'il ne sorte pas.

Rosie poussa un cri.

— C'est toi qui dis ça, Marina ? Tu veux laisser ton mari en prison ? Mais t'as vu comment c'est là-dedans ? Avec des tueurs et des barjos ! Il va être obligé de se battre pour se défendre !

— Le juge compte là-dessus. Il a sa vérité. Elle ne ressemble pas du tout à la mienne mais c'est lui qui détient le pouvoir.

Marina se leva.

— Et ce pouvoir-là, je vais le lui prendre, dit-elle avec assurance.

Elle reprit la cafetière et se reversa du café. Rosie n'en voulut pas davantage.

— Et comment penses-tu t'y prendre ? Tu vas le faire évader ? Tu vas attaquer la prison ?

— Bien sûr que non ! On n'est toujours pas dans un film. Si le juge est persuadé d'une chose et qu'il s'en tient à une version fausse de l'affaire je vais tenter de lui démontrer qu'il a tort.

— Mais c'est loin la Normandie. Tu as ton boulot, tu as Jamie. Il y a maman !

— Je sais tout ça, dit Marina en faisant un signe de dénégation de la main. Mais je n'ai pas le choix. Si je laisse faire, Jean sera inculpé puis condamné dans un an ou deux pour avoir préparé le braquage de l'entreprise qui l'employait. Il ne pourra pas se faire entendre. Il prendra cher s'il est le seul dans le box. Et il me restera quoi à moi ? Des souvenirs à la con ? Eh bien non tu vois. Ce n'est pas de cette vie bousillée dont j'ai envie et si je ne me bouge pas maintenant, demain il sera trop tard.

Elle inspira comme si elle perdait son souffle et elle ajouta :

— Trop tard pour Jean.

Marina se rassit et se tut en scrutant le fond de sa tasse comme si la réponse s'y trouvait inscrite. Au bout d'une minute de silence bien pesant, elle repoussa sa chaise et regarda Rosie.

— Et tu vas m'aider !

Rosie resta pétrifiée comme si le ciel venait de lui tomber sur la tête.

— Moi ? Mais je… Enfin tu sais bien que…

— Ne t'inquiète pas ! Je ne vais pas te demander de mettre un treillis de camouflage et de t'entraîner au tir à balles réelles sur cibles mouvantes ! On va le jouer plus subtil…

— Ah ? Tu me fais peur. Quand tu étais petite, tu avais toujours des plans incroyables. Pour piquer des bonbons ou des gâteaux sans te faire prendre, comme pour attirer les garçons dont tu faisais une consommation assidue alors que moi…

— Aujourd'hui, il n'y en a qu'un qui m'intéresse de ces garçons-là ! Il s'appelle Jean et c'est mon mari. Je considère qu'on l'a mis en prison à tort. À moi de le prouver puisque personne ne s'en soucie. Comme il aurait fait pour moi si j'étais à sa place. Nous sommes un couple. Encore et encore. Un vrai, même si ça dérange quelques-uns. Nous avons un enfant. Je ne laisserai personne nous détruire. Personne.

— Tu vas mener l'enquête, c'est ça ?

— Mieux ! Je vais agir et tant pis si je casse quelques bibelots !

— De la porcelaine mais…

— C'est une image !

— Tu comptes m'impliquer dans ton plan, tu as dit tout à l'heure…

— En premier lieu, tu vas t'occuper de Jamie.

— Je vais le prendre chez moi, si tu veux !

— Pas du tout ! Ou juste un peu. Je veux que tout le monde continue à croire que je suis l'épouse éplorée qui a son mari en prison et qui ne sort presque plus de chez elle à cause de la honte et des cancans. Ce sera donc tout à fait normal de te voir rentrer et sortir de chez moi, d'aller et venir dans le quartier. Avec ou sans Jamie.

— Et toi, qu'est-ce que tu vas faire pendant ce temps-là ?

— J'ai pris des congés. Je sortirai discrètement et j'irai chercher ceux qui sont responsables de mon malheur pour leur rendre la monnaie de leur pièce. Je te promets de ne pas les épargner. Du tout !

— Tu vas tuer ces gens ?

— Pourquoi pas ! Ils sont en train de foutre ma vie en l'air. J'ai rien demandé. Je n'ai rien fait. Ils attendaient quelque chose ? De lui, de moi, de nous ? Mais qu'attendaient-ils que l'on fasse ?

Marina reprit sa respiration.

Elle ne savait plus bien où elle se situait dans tout ça.

— Pour répondre franchement à ta question, je ne sais pas encore mais je crois bien que ça ne me ferait ni chaud ni froid. C'est une question d'équilibre entre le bien et le mal. Il y a parfois des décisions qui conduisent à faire des choses que l'on n'imaginait pas. Le tout est de savoir choisir. Enfin quand c'est possible.

— On ne fait pas justice soi-même !

— Sauf quand ceux qui devraient s'en charger ne sont pas à la hauteur !

— Mais tu penses à Jamie ?

— C'est probablement parce qu'il est là que je vais essayer de ne pas aller trop loin. Mais vendetta, il va y avoir ! Je ne sais pas encore comment mais…

Marina se reversa du café.

— Arrête ! dit Rosie. Tu es assez énervée comme ça. Ton palpitant va en prendre un coup à finir la cafetière !

— Tu ne me crois pas capable de faire ce que je viens de te dire ?

— Si peut-être. Je ne sais pas. Mais tu es une femme. Tu as un emploi dans un bureau. …

— Je suis dans l'encadrement ! Je sais me faire respecter !

— En face, ils sont certainement d'un autre genre. Avec des pistolets ou des revolvers, je ne sais pas bien. Enfin avec des trucs qui blessent et qui tuent. Toi, tu vas aller les voir, enfin si tu les retrouves, avec quoi ?

— Une femme sur le sentier de la guerre, c'est tout autre chose. Ce n'est pas la force qui va m'animer mais la finesse. L'intelligence ! Moins bien si j'y suis obligée. Tant pis !

— Bon et tu commences par quoi ?

— J'ai rencontré un commissaire de police, il y a quelques jours.

— Au supermarché ?

— Non, non. Je suis allée le voir chez lui.

— Tu connaissais son adresse personnelle ?

Rosie fronça les sourcils.

— Ce n'est pas du tout ce que tu crois, rassure-toi tout de suite ! Il s'appelle Landowski.

Rosie fit la moue.

— Landowski tout court, continua Marina. C'est comme ça. Je ne connais pas son prénom. D'ailleurs, nous ne sommes pas assez intimes pour que je l'appelle familièrement.

Rosie fronça les sourcils à nouveau. Tout ça allait trop vite pour elle, épouse rangée, un mari, trois enfants, un chat, un canari.

— Il a une maison sur la côte, dit Marina.

— La côte ?

— Pas d'Azur évidemment !

— Il est seul dans la vie ?

Décidément…

— Il est en couple avec une magistrate connue. Elle s'appelle Lorraine Bouchet. Elle s'est occupée d'affaires qui ont fait la une des journaux. Lui aussi d'ailleurs. Ils passent leurs week-ends à Trévignon. Leurs vacances aussi quelquefois. Elle fait du bateau, de la plongée et lui, il trouve toujours une belle enquête à mener pour aider les autorités locales.

— Mais dis donc, tu en sais des choses sur eux !

— Je ne lis pas que Modes et Travaux, moi !

— Et alors, ton commissaire ?

— Il est beau ? C'est ce que tu veux savoir ?

Rosie secoua la tête tandis que Marina poursuivait :

— Très bel homme ! Je te le présenterai un de ces jours. Enfin, quand cette aventure sera terminée.

— Bon, tu es allée chez lui…

— Juste sur la terrasse, si tu permets ! Il m'a offert un café.

— Et tu lui as demandé quoi ?

— Je lui ai raconté pour Jean.

— Tu as joué sur la corde sensible ?

— J'ai simplement essayé de l'intéresser à mon affaire.

— Et il a mordu à l'hameçon ?

— Je n'aurais pas dit ça, personnellement.

— Mais il va faire quoi ?

— Il va se renseigner. Il me dira des trucs. Avec ça j'avancerai !

— C'est un commissaire quand même. Pas un gardien de square ! Il a dû te voir venir avec ton air de midinette. Tu le prends pour un ballot ?

— Certainement pas. Sauf que je vais chercher à en profiter et non l'inverse !

— Quand tu parles comme ça, je pense à des trucs…

— Ben tu oublies. On n'en est pas là, tu vois !

— Tu n'exclus rien…

— Arrête, Rosie ! Ce n'est pas un jeu ! Le moment venu, il sera ma sécurité. Il pourra dire que je suis venue le voir. Il me sauvera la mise s'il en est besoin. En attendant, ça va calmer le juge et les autres de le savoir dans le coup. Sa réputation va jouer et faire bouger les lignes. J'ai besoin de lui.

— Eh ben ! Jolie déclaration !

— Tu me connais, je n'ai pas l'habitude de rester les deux pieds dans le même sabot. Peut-être que je ne vais pas gagner. Mais je vais tout faire pour, tu peux me croire !

Maria s'éclaircit la voix et ajouta :

— Et tu vas m'aider !

— Si je peux.

— Ton mari est toujours dans les télécoms ?

Rosie haussa les épaules.

— Ben oui, tu le sais bien. Pourquoi cette question ?

— Je voudrais qu'il s'intéresse à un numéro de téléphone pour moi.

— Tu veux écouter les conversations de ton joli commissaire ?

— Non. D'ailleurs, il doit avoir un système de brouillage ou un réseau parallèle. Des gens de sa classe, ce n'est pas du menu fretin !

Rosie n'ajouta rien cette fois.

— Et mon mari, il ferait quoi pour toi alors ?

— C'est assez simple en fait. J'ai trouvé un numéro que je ne connais pas sur le portable de Jean.

Rosie se mit à rire comme une midinette en s'agitant.

— Une femme ?

— On n'est pas devant les Feux de l'Amour, là !

— Ah bon ? dit Rosie dépitée.

— La veille de son arrestation, un inconnu a appelé Jean. Quelqu'un qui a probablement à voir avec le casse de l'agence. Ils avaient rendez-vous tous les deux le matin du fameux jour.

— Pas bon pour ton mari, ça !

— Sauf à comprendre pourquoi.

— J'espère que tu ne seras pas déçue…

Marina regarda fixement sa sœur. Chacune mesura au même moment le poids du silence. Et ce qui allait avec !

— Cet homme-là, je l'ai appelé, continua Marina, en prétextant qu'il n'avait pas pu voir Jean et que je pouvais le remplacer. Il savait déjà pour l'intervention des policiers et même davantage. Je lui ai proposé qu'on se voie.

— Mais t'es folle ! Tu n'y es pas allée, j'espère !

— Mais si !

— Oh là là ! Et alors ?

— Il m'a menacée !

— Tu vois bien ! T'en as parlé à ton commissaire Landowski ?

— Bien sûr que non ! C'est à toi que j'en parle pour que tu demandes à ton homme de chercher les bornages de ce téléphone portable !

— C'est quoi le bornage ?

— C'est un truc technique ! Pour rester en contact permanent quand tu te déplaces, le téléphone doit se connecter aux antennes relais installées par les opérateurs téléphoniques. Les techniciens peuvent ainsi suivre le parcours d'un téléphone et donc celui du propriétaire. Ce qui m'intéresse c'est de savoir où ce portable a borné sur Concarneau et Rosporden ces derniers jours.

— Et tu vas faire quoi avec ça ?

— Je vais savoir quel coin de ville il fréquente. Peut-être retrouver son adresse.

— Et après ?

— Je vais lui rendre visite !

Rosie ouvrit de grands yeux.

— C'est insensé. Si c'est un gros méchant, il va te faire du mal ! On dirait que tu ne te rends pas compte du risque que tu prends ! Tu as envie de mourir ou quoi ?

Marina se leva, solennelle.

— Je tiens à la vie mais je vais te dire quelque chose, Rosie. J'en ai vraiment assez de tout ça. C'est fou, c'est fort, c'est trop ! Mais t'inquiète, je ne vais pas perdre pied. Si ce mec croit m'impressionner, il vaut mieux qu'il baisse d'un ton tout de suite. Je ne vais pas être d'humeur, tu vois ! Et s'il essaie de me frapper, c'est lui qui va en prendre une !

Rosie en resta bouche bée.

— Mais Marina qu'est-ce qui se passe ?

— Justement, je n'en sais rien. Seulement je crois que des gens vont mourir. On ne pourra faire autrement. J'ai tiré la sonnette d'alarme. Il ne faudra pas me le reprocher. Parce qu'il sera trop tard.

Marina elle-même était dépassée par ses propres propos. Tout cela allait trop loin, elle en était bien consciente, mais elle n'avait pas l'intention de baisser pavillon. Se soumettre ? Mais jamais de la vie ! Ceux qui croyaient la faire plier auraient dû déjà comprendre que leur entreprise était vouée à un échec cuisant. Ils allaient la connaître !

— Chez Maman, demanda Marina, il y a toujours l'armoire de papa au sous-sol ?

— Elle est dans la deuxième cave au fond du garage. Comme avant.

— Alors je vais y trouver ce qu'il me faut.

Rosie inspira fort comme si l'air commençait à lui manquer.

— N'y va pas, Marina. N'y va pas !

— Je suis désolée. Je n'ai pas d'autre solution. Fallait pas jouer à ça. C'était vraiment mal me connaître. Tant pis pour eux !

VI

Landowski n'était pas resté à rien faire.

Il savait que Marina allait avoir trente-deux ans dans quelques mois, qu'elle avait rencontré son futur mari à l'université de Toulouse où elle faisait ses études, qu'elle s'était mariée avec Jean assez vite parce qu'elle était enceinte, que celui-ci qui terminait un cursus assez long, avait très vite trouvé un bon poste en Bretagne et que la petite famille avait émigré vers l'Ouest.

Après la naissance de Jamie, Marina avait fait des remplacements avant de trouver un emploi fixe dans un gros cabinet d'expertise comptable basé à Quimper tandis que Jean avait rejoint l'équipe d'encadrement d'un petit groupe industriel régional aussi spécialisé que discret.

Une famille normale. Un cursus solide. Un avenir plutôt radieux. Mais alors, que s'était-il donc passé ?

Le commissaire était en train de faire le tour de la terrasse comme un ours en cage. Le bord des dalles de pierre semblait matérialiser une limite. Comme un mur d'enceinte. Dans le fond, c'était un homme qui se sentait assez vite à l'étroit partout. Restait peut-être les grandes étendues polaires pour le satisfaire. Et encore, il avait horreur de l'humidité.

Il refaisait lentement un tour quand son portable vibra. Il rentra immédiatement dans le salon pour éviter que des oreilles indiscrètes puissent capter sa conversation. L'expérience.

Au bout, c'était Ange P.

— Salut Lando ! T'es en train d'agacer les araignées ?

— Tu rigoles ! Suis pas fan du ménage. Je t'attendais !

— Je ne suis pas aux pièces, Commissaire ! J'ai une autre vie après l'amitié !

— Va au fait *please* puisque tu m'appelles ! J'ai envie de régler cette affaire assez vite si je peux m'en mêler intelligemment. Va certainement falloir que je reprenne mon bâton de pèlerin dans quelques jours. J'aimerais pas laisser ça en plan !

— Tu crois que L'État va s'ennuyer de toi ?

— Non c'est moi ! Je ne suis pas vraiment adepte de la chaise longue avec le dernier prix littéraire en main ! C'est pas trop mon truc quand on ne tourne pas assez vite les pages.

— Lis de la BD si c'est trop dur pour toi ! Les images, ça calme ! Ou un essai bien hermétique !

— Je ne me contemple pas le nombril moi !

— Un truc qui prend bien la tête, c'est parfois intéressant quand même ! Un philosophe qui t'explique des trucs que tu fais mais que t'aurais même pas imaginé. Des pulsions, des contingences, des atavismes, des complexes…

— Du compliqué, tu veux dire ! Mais j'aime bien les écouter. J'apprends des choses et ça m'instruit !

— On en sort un peu plus intelligent, t'as raison ! Sinon, tu as quoi à me filer comme info ?

— Je te préviens tout de suite que c'est dans un truc de ouf que la nénette veut t'embarquer !

— T'inquiète ! Je vais faire gaffe, tu me connais !

— Justement ! Faudrait pas trop jouer du bulldozer pour éviter la casse !

— Tu commences à m'intéresser, tu sais ?

— Je te l'ai donc bien amené !

— Et c'est quoi l'histoire à la base ?

— Écoute bien. T'as une équipe qui décide de monter au braquage. Ils sont trois ou quatre, je ne sais pas trop. Ils ont choisi un dépôt discret dans une zone industrielle et…

— Y'a quoi dans la tirelire ?

— Des métaux précieux qui transitent avant de partir en Angleterre. D'autres babioles vers Anvers…

— Tiens donc ! Tu parles de verroterie à facettes là ?

— Tout à fait. Les ferrailles valent leur pesant parce que c'est du lourd, du cher, du rare, du précieux. Du platine par exemple. Mais pas que !

— Donc le véritable objectif de la visite matinale, c'était pas ça, hein ?

— Parfaitement exact mon cher Watson ! Les vilains, ils voulaient faire main basse sur une belle poignée de jolis cailloux. C'est quand même plus facile à transporter que des lingots d'un kilo !

— Qu'est-ce qu'elles foutaient là, ces pierres ?

— Disons que c'est une activité annexe qui se cache très bien derrière une autre plus sensible.

— Régulière, la filière supplémentaire ?

— Plutôt parallèle, tu vois !

— Et la société n'était pas au courant ?

— Pour l'instant, on n'a pas déterminé jusqu'où.

— À la boîte, vous suivez ça ?

— On est sur le volet DST* même si elle n'existe plus, paraît-il !

— Les malfrats, ils étaient donc au courant…

— C'est là que le bât blesse. Fallait vraiment être au jus pour savoir qu'il y avait ce sachet dans la pièce sécurisée.

— Il n'était pas dans un coffre ?

— Juste le platine ! C'est plutôt une chambre sécurisée parce que ça pèse quand même les métaux rares. Y' avait des trucs dont je ne connais même pas le nom ! Par contre, les cailloux étaient conservés dans le tiroir du bureau et dans une grande enveloppe à bulles plutôt banale avec des timbres collés dessus. Tu sais, juste comme si un collectionneur l'avait gardée dans son tiroir à côté de son pot à crayons.

---

*Direction de la Surveillance du Territoire.

— Bizarre comme pratique !

— Pour faire discret, c'est top !

— Et le mode opératoire ?

— L'équipe est arrivée sur zone au petit matin. Ils ont attendu sagement que l'agent d'entretien se pointe.

— Ils avaient donc repéré…

— C'est lui qui a ouvert les portes sous la menace juste après avoir pris un coup de crosse dans la pommette gauche, histoire de bien suivre le film. Mais pas trop fort quand même.

— Il pouvait aller jusqu'à la pièce en question et y entrer ?

— Apparemment oui. Il était habilité pour. Les barres font un poids incroyable. Elles sont dans des étuis métalliques en longueur, soudés pour sécuriser le transport. Tout seul, tu ne peux pas les bouger d'un centimètre. Faut être fondu pour vouloir les piquer. Et pour en faire quoi ? À moins d'avoir une commande précise. Du coup, la sécurité est moyenne. Sans plus.

— C'est lourd tu dis ? demanda Landowski.

— Lourd et encombrant ! Peut-être même dangereux pour la santé. Ils ont des clients dans l'aviation, le ferroviaire, les paquebots. Le nucléaire aussi, paraît-il. Y'a un palan au plafond. Ensuite faut passer plusieurs portes avec un chariot et charger ça dans un fourgon. Sauf qu'il n'y pas au même endroit ce qu'il faut pour réaliser l'opération. Le matos est stocké dans un autre hangar avec câbles et cadenas qui vont bien. Ensuite il y a des temporisations sur les sas qui séquencent le parcours. Faut respecter le timing et donc le connaître ! Et puis c'est trop long pour effectuer un bon braquage. Faudrait la matinée ! Surtout qu'avant que t'y arrives, le personnel s'est pointé à l'embauche.

— Donc tes mecs, ils sont venus pour la joncaille et rien d'autre !

— Ont essayé le coffre pour accéder au platine mais sans grande conviction. Y'a juste quelques rayures sur la paroi avant. Comme si des débutants avaient essayé d'ouvrir la boîte avec un tournevis.

— Pour faire croire qu'ils n'y sont pas arrivés ?

— C'est mon sentiment. Ils ne sont pas venus pour se coltiner de la fonte. S'ils ont déjà fait de la taule, ils en ont soulevé des kilos en salle de sport l'après-midi ! Non, ils savaient très bien qu'il y avait les pierres.

— Donc y a une taupe dans le bazar !

— Ils ont piqué des trucs quand même. Avec une jolie valeur ! Ils ont refermé tous les accès en suivant les consignes de l'agent d'entretien. Lui, ils l'ont ficelé et enfermé dans le coffre de sa propre voiture. Avant ils l'ont frappé encore. Gratuitement je dois dire puisqu'il était bien docile. Probablement pour l'impressionner. Ou pour le plaisir aussi. Tu sais comme moi que ces mecs, quand ils sont piqués à l'adrénaline voire autre chose, ils sont capables de tout.

— Ils auraient pu tout bonnement l'assassiner !

— Heureusement que non ! Le pauvre, il s'est trouvé où il ne fallait pas c'est tout. Le plus gros salaire de la boîte ce n'est sûrement pas lui.

— À oui tiens ! Pourquoi, ils n'ont pas pris un otage pour venir ouvrir le coffre ?

— Mais parce qu'ils n'en avaient pas besoin ! Leur objectif était ailleurs.

— À portée de main, si je comprends bien !

— Ensuite, ils ont tout chargé dans une bagnole et c'est là que l'alarme a été déclenchée.

— « A été » tu dis ? Pourquoi pas « s'est » ?

— Parce que je précise les choses, moi ! Du coup, ils se sont grouillés et ils se sont barrés en bagnole. Elle a été retrouvée dans la matinée avec le butin à l'intérieur.

— Empreintes, ADN, dans l'habitacle ?

— Ils ont filé un coup d'aérosol dans l'habitacle, ça te beurre si bien les empreintes récentes que tu ne peux plus rien en faire.

— Et les autres ?

— Forcément dégradées mais ils ont pu en isoler deux ou trois dans des coins plus inaccessibles au gaz. Uniquement celles du propriétaire qui venait de déclarer le vol de sa voiture dans son garage. Un retraité catastrophé à cent mille lieues du sujet !

— C'est quand même bizarre. Ils se sont équipés de gants, de combinaisons et autres trucs pour qu'on ne puisse pas remonter jusqu'à eux. Et ensuite ils ont abandonné le véhicule volé et le butin.

— On aurait dit un jeu, une répétition, un coup pour rien !

— Ils ont tout laissé ?

— Sois pas bête non plus, Commissaire ! Le métal, même précieux, ça pèse des tonnes ! Mais les cailloux, ils les ont gardés, tu penses bien. Un sachet, ça tient dans une grande poche !

— Y en a pour lourd ?

— Quelques millions d'euros. Plus !

— Ah quand même !

— Les dirigeants avaient trouvé ça comme système. On ne voit pas le nez au milieu de la figure. Enfin, c'est ce qu'ils pensaient.

— Ils ont pu expliquer la provenance et la destination du petit magot ?

— La société sert de relais de poste en quelque sorte. Quelqu'un livre. On stocke. Quelqu'un vient chercher. S'il y a un trafic derrière tout ça, il est discret et intelligent.

— Parce que ?

— Il y a bien un bordereau officiel pour les pierres. Il a été retrouvé dans l'enveloppe à bulles. Elles sont répertoriées une à une, taille, poids et valeur. Si elles étaient placées dans le tiroir, c'est uniquement pour tromper l'ennemi.

— C'est leur version !

— Et rien n'empêche le destinataire de détruire le bordereau quand la livraison a été correctement réalisée. Un papier reste un papier. Faudrait creuser…

— Et le prévenu ?

— Ton protégé refuse de coopérer.

— Tout simplement parce qu'il ne sait peut-être rien !

— C'est ce que dit sa femme ! Seulement le juge Malbecques ne l'entend pas de cette oreille. Il étudie l'emploi du temps du mari, surtout le minutage du matin du casse. Et ça ne passe pas bien.

— Normal s'il le soupçonne d'avoir participé.

— Le cadre a affirmé qu'il était en route pour Quimper au moment de l'intrusion dans le dépôt. On vérifie.

— Il y a des éléments à charge sinon ?

— Un peu. Et du gênant pour le prévenu.

— Et c'est quoi ?

— Les collègues ont logé l'un des membres de l'équipe des braqueurs. Ils ont voulu le sauter au petit matin. Tu sais, c'est toujours plus agréable à la fraîche !

— On n'est pas sous les Tropiques non plus !

— Affaire d'imagination ! En tous cas, l'oiseau s'était envolé.

— Sans laisser d'adresse ?

— Il a filé si vite qu'il a abandonné un sac de sport. Il les avait probablement flairés.

— Avec quoi à l'intérieur du sac ?

— Une bouteille d'eau entamée, un étui en plastique opaque, un plan des lieux du casse dessiné à la main. Et deux empreintes du mari sur la bouteille et l'étui.

— Seulement deux ?

— Une et une.

— Curieux quand même !

— Ah bon ?

— Quand tu tiens un truc, c'est au moins avec deux doigts !

— Pas cette fois !

— Pas de doute possible ?

— Distinctes. Identifiées formellement.

Landowski hocha la tête en grimaçant. Les affaires prenaient une mauvaise tournure pour Marina…

— Alors tu ne dis rien ?

— Je me rends à l'évidence, c'est tout. Viendra l'explication plus tard. Bonne ou mauvaise !

— Malbecques ne va pas le lâcher, ça, tu peux me croire ! J'suis pas contre la magistrature, mais là, on a affaire à un spécimen. Je ne vois comment il va expliquer ça, le mec. Le lien est établi entre lui et les casseurs. Et en plus, si c'est lui qui a fait le relevé des lieux, il est bon pour les Assiettes. Malbecques va jubiler. Et tu ne pourras rien y faire !

— Oh Ange ! Je ne suis pas l'avocat. Si le mec est coupable, il va morfler comme un autre.

— Mais t'aurais bien voulu faire quelque chose pour sa femme non ?

— Pas d'ironie ni de sous-entendu indécent, tu veux !

— Moi, je disais ça…

— Alors tu la fermes !

— Oh oh ! Tu me parles meilleur, Commissaire ! Sinon, tu te débrouilles tout seul.

— C'est ça.

Il y eut un silence. Court mais pesant.

— Tu tiquais pour l'alarme tout à l'heure, reprit Ange comme si de rien n'était.

Il avait l'habitude des sautes d'humeur de Landowski et ça ne l'empêchait absolument pas de dormir. Fallait tout simplement être habitué.

— Ben oui ! J'ai pas bien pigé ton distinguo. Explique-moi la différence !

— L'alarme ne s'est pas déclenchée parce qu'un casseur a coupé un rayon, touché à la poignée d'une porte ou je ne sais quoi d'autre ! Non non, rien de tout ça ! Disons que ça n'a rien à voir avec un système électrique qui ne réfléchit pas et qui fait son boulot !

— Ben c'est alors quoi ?

— Après des menaces de mort, le système d'alarme a été désactivé par l'agent d'entretien. Il y a plusieurs manips à opérer pour ne pas faire hurler le bazar. Il l'a bien précisé dans sa déposition, l'agent. Les malfrats lui ont dit qu'ils savaient très bien qu'il y en avait une et que l'employé commençait par ces gestes techniques en arrivant le matin.

— Et alors ?

— Il a fait exactement ce qu'on lui a dit.

— Et conclusion ?

— Donc il a fallu quelqu'un pour modifier les paramètres !

VII

Landowski s'engagea dans la zone industrielle de Dioulan et roula au pas. Il s'attendait à tomber sur une entreprise imposante avec bâtiments, véhicules, zone de stockage de matériaux.

Il fut étonné de ne rien voir de tout ça. Il y avait tout simplement un hangar assez banal faisant angle avec une autre construction plus basse aux murs enduits de crépi clair. Le second bâtiment semblait composé de deux parties, l'une servant de hangar puisqu'un transpalette était arrêté dans l'entrée et l'autre étant la partie administrative avec des bureaux.

Devant, quelques véhicules étaient garés. Des voitures courantes mais aussi un gros 4x4 noir brillant qui semblait avoir été acheté dans la semaine et une berline plus classe, probablement pour madame. Les voitures du personnel étaient du genre à assurer le transport pour le travail. Pas pour exprimer un signe extérieur de richesse.

Plus loin, un camion blanc était en train de manœuvrer pour placer son hayon arrière juste dans l'entrée du hangar de manière à ce qu'il ne soit pas possible d'entrer dans les lieux en utilisant cet accès. Il devait y avoir une livraison ou un départ de marchandises dans le prochain quart d'heure. Ou les deux.

Plus loin, le bâtiment d'une coopérative agricole imposait son impressionnant volume. Il y avait aussi de la circulation. Poids lourds et véhicules frigorifiques se disputaient l'espace. Ce qui étonna Landowski, c'était le quasi-silence qui régnait dans l'endroit où il se rendait alors que l'on entendait des bruits divers provenant des autres entreprises en activité de l'autre côté de la route. L'ambiance feutrée dénotait une activité discrète et un peu particulière. Landowski se dit donc qu'il arrivait dans une entreprise pas tout à fait comme les autres. Intéressant.

Il se gara un peu à l'écart pour ne pas se trouver sur la zone d'évolution des ensembles routiers et fit quelques mètres à pied pour arriver devant la porte d'entrée. De quoi lui donner l'occasion, comme il le faisait toujours, de bien appréhender les lieux. Dis-moi où tu travailles et je te dirai qui tu es !

De la partie administrative, il remarqua l'épaisseur des profilés en aluminium tout comme celle du vitrage. Rien à voir avec une petite entreprise de peinture ou de carrelage. Une alternance de couleurs tentait de balayer l'aspect industriel du lieu. Il se dit que, s'il faisait partie d'une bande de casseurs en repérage, il aurait quand même immédiatement compris qu'il était arrivé au bon endroit.

Il entra. Il referma la première porte et tenta d'en

ouvrir une seconde. À la résistance de cette dernière, il comprit que l'ouverture devait être commandée de l'intérieur. Il distingua une jeune femme assise derrière un comptoir. D'un mouvement bien appris mais sans un empressement démesuré, elle passa du poste de secrétaire à celui d'hôtesse d'accueil et elle libéra le policier jouant au poisson d'agrément dans un bocal.

Landowski s'approcha du comptoir.

— Bonjour Madame, dit-il en ajoutant un léger signe de la tête pour être un peu plus poli. J'ai rendez-vous avec monsieur Amaindry.

— Vous êtes monsieur…

— Landowski. Commissaire divisionnaire Landowski.

La secrétaire/hôtesse releva la tête et regarda le visiteur. On aurait dit que le grade l'interpellait. Peut-être que depuis le casse opéré sur un autre site de l'entreprise, les visiteurs étaient regardés d'une autre façon.

— Je vais voir. Merci de patienter un instant.

Elle ne lui proposa pas de s'asseoir quelque part, ni de feuilleter une revue ou s'il désirait un café. Les visiteurs ne devaient pas se bousculer en ce lieu. Simplement des chauffeurs, probablement pour faire tamponner leurs bordereaux.

D'ailleurs, il n'y avait pas le petit salon habituel avec la table ronde encombrée de revues du siècle dernier et les fauteuils tellement bas qu'ils vous cassent le dos et vous obligent à vous contorsionner pour en sortir. Landowski ne s'y serait d'ailleurs pas risqué. Quand vous avez un flingue glissé dans la ceinture et dans le dos, ce n'est pas forcément indiqué. L'employée quitta son poste, contourna le comptoir et disparut dans un petit couloir non éclairé. Le policier plissa les yeux. L'hôtesse d'accueil n'avait pas l'air d'être harassée par le va-et-vient des visiteurs et la secrétaire ne semblait pas dépassée par les tâches qu'elle avait à accomplir. Il se pencha sur le comptoir. Sur le bureau, il n'y avait rien à part le journal. Il regarda le poste informatique. L'écran de veille montrait des arabesques de couleurs.

Landowski entendit les bribes d'une conversation qui se déroulait dans la partie non accessible aux visiteurs à moins d'être accompagnés puis la personne de l'accueil revint s'installer devant l'ordinateur sans rien dire. Elle pianota aussitôt. Vu qu'il y avait un tiers dans la maison, il valait mieux retourner à ses moutons. Sans trop les réveiller non plus ! Faut pas…

Peu après, un homme bouscula le côté battant de la double porte et sortit du couloir aussitôt en lâchant le panneau. Corpulent, tempes grises, pompes vernies et costume sombre. Le parfait entrepreneur. Jovial et dynamique.

— Bonjour Commissaire ! dit-il main tendue. Georges Amaindry, Président Directeur Général de la Société des Alliages Industriels Linéaires.

Landowski rendit le bonjour et serra la main qu'il trouva un peu moite puis il suivit son hôte qui l'invitait dans la partie arrière du local. Bureau classique, grand plateau marron, armoire fermée assortie, sièges en cuir noir. Mais rien sur le bureau à part un sous-main avec un liséré doré, un téléphone portable et une tablette tactile.

Le commissaire s'attendait plutôt au téléphone fixe et à l'ordinateur cubique. Dans les commissariats, il y en avait encore de ces tromblons obsolètes. Les entreprises elles, s'étaient modernisées. Peut-être même que celle-ci qui paraissait assez récente n'avait jamais connu autre chose que tous ces objets connectés qui ont envahi notre quotidien. Ce n'était pas forcément la tasse de thé de Landowski.

— Asseyez-vous, Commissaire ! Je vous offre un café ?

Le patron de l'entreprise arborait un large sourire faisant probablement partie de la panoplie.

— Non merci. J'en abuse trop.

— Ah, ah ! Faut faire attention à son palpitant hein !

Amaindry se frappa la poitrine dans la région du cœur.

— Vous avez peut-être été surpris en m'entendant vous détailler la raison sociale de l'entreprise, non ?

— Particulier en effet.

— En signe, ça fait SAIL ! Comme j'aime faire de la voile…

La référence maritime ne sembla pas émouvoir le divisionnaire outre mesure. L'effet comique tombe parfois à plat et Landowski ne se trouve jamais où on l'attend.

— Donc vous vouliez me voir pour qu'on parle de cette lamentable affaire…

— Surtout de votre employé qui se trouve détenu, si vous voulez bien.

— Oui de Jean, bien sûr !

L'hôte posa les mains sur le bureau et les croisa en rapprochant les bras lentement comme s'il réfléchissait en même temps à ce qu'il allait dire à son visiteur. Landowski aimait bien ce genre de moment. Une personne lambda rencontre un commissaire de police, homme ou femme d'ailleurs. Ce dernier n'est plus tout à fait un humain normal. On n'est plus complètement à égalité. D'un côté l'ordre, de l'autre l'individu en éventuel danger. D'où l'inquiétude perceptible.

Se retrouver justiciable, accusé, coupable, condamné. Ou être témoin, interrogé, disculpé. Ou n'avoir absolument rien à se reprocher mais ne pas apprécier du tout l'instant. Et craindre quand même l'erreur judiciaire !

Dans le cas précis, ce n'était pas le commissaire qui était derrière le bureau. Il était assis devant et donc reçu sur le territoire de l'autre. Marrant non ?

— Monsieur Amaindry, vous pouvez me raconter un peu…

— Vous en savez déjà pas mal, je crois bien !

— On ne sait jamais tout, vous le savez !

Landowski venait sciemment de balancer cette phrase sibylline. Elle produit toujours son effet parce qu'elle renvoie l'interlocuteur à son vécu. Beaucoup de personnes n'apprécient guère. Surtout quand c'est un commissaire de police qui vous le dit très calmement en vous regardant dans les yeux. En pratique policière, ça fait partie du manuel de l'interrogatoire.

— Bon d'accord, admit Amaindry. Jean est un collaborateur hors pair. Il faut que je vous dise ça tout de suite pour lever toute ambiguïté.

— Parce que ?

— Vous pourriez croire qu'il y avait un différend entre nous deux alors que ce n'est absolument pas le cas. D'ailleurs, si la boîte fonctionne si bien, c'est grâce à lui. Il a su développer l'activité, l'amplifier, trouver de nouveaux créneaux et cætera !

— Il est chez vous depuis longtemps ?

— Huit ans maintenant, je crois bien. L'âge de son fils qu'il a eu avec sa femme Marina l'année où je l'ai embauché.

— Il convient donc bien à votre activité ?

— Parfaitement même. Ici, c'est une grande boîte au niveau du chiffre d'affaires parce qu'on brasse de l'argent qui rentre et qui sort presqu'aussitôt mais qui reste une petite en termes d'effectifs. On fait appel à beaucoup de prestataires et nous ne fonctionnons qu'en mode de dépôts. Avec quelques gars, on fait tourner chaque agence.

— En quoi consiste le poste de votre collaborateur ?

— Moi, je gère les finances, le personnel, l'administratif quoi ! Jean fait le reste. Toute la partie industrielle et technique en fait. Ce qui l'amène à se déplacer une partie de son temps.

— Et vous vous débrouillez comment pendant son absence ?

— Je me débrouille tout seul. Bien obligé ! Je ne peux pas me déplacer comme il le faisait mais ça roule quand même. On a un système qui est bien rodé. Ma femme m'aide.

— C'est elle, dans l'entrée ?

Amaindry toussota.

— Non. Elle, c'est Isabelle. Elle est passée à temps complet depuis que Jean est hors-jeu. À nous trois, on y arrive.

Landowski se promit de s'entretenir avec elle plus tard.

— Et si… dit-il à l'industriel pour tenter d'aller un peu plus loin.

— Jean ne revenait pas, vous voulez dire ?

— C'est une éventualité…

— …que je ne veux pas envisager.

Amaindry secoua la tête.

— Il n'y a rien contre lui et je m'en porte garant. Il va s'en sortir. On va le sortir de là. Je prends à ma charge les frais d'avocat et je maintiens son salaire jusqu'à son retour.

— Vous êtes un patron moderne !

— Jean est plus qu'un employé. C'est un ami !

Landowski eut envie de sourire. Il ne fallait pas non plus faire pleurer dans les chaumières ! Certes Jean était un excellent collaborateur mais les affaires n'allant pas forcément de pair avec les sentiments, arriverait le moment de mettre un terme à l'assistanat. Sauf si…

— Vous lui rendrez visite en prison ?

— Je vais aller en Normandie bientôt. Ce que Jean faisait régulièrement. Le dépôt est très actif là-bas. C'est notre plus gros site. J'irai le voir à cette occasion.

— Pour en revenir à votre activité, vous faites quoi au juste ?

— Je suis dans le négoce de marchandises à haute valeur ajoutée. Il s'agit de métaux rares, de pièces uniques, de commandes spéciales. Pour réaliser ça en amont, il y a des fonderies, des ateliers de production et de façonnage. Des spécialistes de la précision. Vu la valeur des éléments utilisés, il faut bien stocker la matière première et les produits finis dans un lieu sécurisé qui sert aussi de plate-forme de redistribution. C'est notre job.

— Il y a du platine…

— De l'or, de l'argent, mais aussi du mercure, des métaux lourds. Nous ne sommes pas propriétaires des marchandises, ni des produits. Simplement dépositaires, sécurisés et assurés. Nous travaillons en Europe essentiellement mais nous avons des apports de tous les continents.

— Sur cette tentative, vous avez récupéré ce qu'on vous avait volé ?

— Tout était dans la voiture retrouvée sur un parking. Les casseurs ont eu les yeux plus gros que le ventre !

— Il y avait quoi dans le coffre de votre agence ?

— Celui qu'ils n'ont pas ouvert ? Des barres de platine pour une somme conséquente !

— Ils n'ont pas pu ouvrir le coffre. On dirait qu'ils n'ont même pas essayé.

— C'est un modèle sophistiqué. On peut y arriver mais il faut du temps. Beaucoup de temps. Même quand on est parvenu à se défaire de toutes les alarmes. Ils n'avaient pas les outils. Pas le temps de percer non plus. Peut-être qu'ils comptaient sur l'agent d'entretien…

— Y'a que des Pieds Nickelés qui auraient pu penser ça !

— Y'a de tout aujourd'hui, Commissaire !

— Vous négociez des pierres précieuses également ?

— On en assure uniquement le transport et la remise. Et ce n'est qu'une activité occasionnelle.

— Parce que ?

— Ben, on connaît notre sérieux sur les places et c'est discret ce que l'on fait. Nous n'utilisons pas les fourgons de convoyage que tout le monde connaît. Le volume est inversement proportionnel à la valeur transportée. Et pour les métaux spéciaux, les casseurs savent très bien que la plupart des produits que l'on a en dépôt ne seraient pas faciles à écouler s'ils les volaient. Il n'y a pas beaucoup de clients pour ces choses-là. Et il faut pouvoir les transporter.

— Mais les pierres, le platine…

— Rien ne dit qu'ils savaient qu'il y en avait dans le coffre. D'ailleurs, il n'est pas grand. Il ne paie pas de mine. Ils n'ont pas pensé qu'ils pouvaient toucher au jackpot. Sinon ils auraient vraiment essayé. Même s'ils avaient peu de chance d'y arriver, il y avait des barres de fer pour tenter de faire plier la porte du casier. Ils ont juste fait une rayure.

Amaindry se força à rire.

— Pourquoi à votre avis ? demanda le policier.

— Par défi ou pour se foutre de nous. En fait je n'en sais rien.

— Parlons des pierres. Il s'agissait uniquement de diamants ?

— Cette fois oui.

— Ce n'est pas toujours le cas ?

— Les commanditaires en amont peuvent nous faire transporter n'importe quoi mais la valeur est toujours très élevée.

— Pourquoi ne pas utiliser les filières habituelles ?

— Chacun a ses raisons et cela ne nous concerne pas. C'est de l'activité pour nous, point barre. Les modes de détention sont très codés. Ils étaient dans des sachets scellés et répertoriés, eux-mêmes placés dans un sachet plus grand puis encore dans un autre emballage très banal à l'extérieur. On n'a retrouvé que le bordereau.

— L'assurance va marcher ?

— La pièce est sécurisée. C'est considéré comme un coffre-fort.

— Donc c'est oui ?

— Pour l'instant, ce n'est pas réglé. On nous reproche l'agent de sécurité. C'est lui qui a ouvert. Ensuite, le tiroir était accessible.

— Pas fermé à clé ?

— Justement non pour ne pas attirer l'attention.

— Je croyais que votre employé, c'était un agent d'entretien !

— Sur sa feuille de paie, c'est bien stipulé « agent de sécurité ». D'ailleurs, il fait une ronde en arrivant. Il désactive l'alarme générale. Ensuite il déverrouille certaines portes accessibles au moyen de clés spéciales sur des plages horaires fixes. Il faisait l'inverse le soir. En plus, il passe le samedi. Parfois le dimanche.

— Vous l'avez gardé ?

— Il a été braqué. N'importe qui aurait fait comme lui.

— Employé modèle !

— Célibataire ! Il s'ennuyait chez lui. Alors il poussait jusqu'au dépôt…

— Il portait une arme ?

— Non justement pour qu'on ne s'en serve pas contre lui.

— Il est déjà arrivé qu'un sachet de pierres soit placé dans le tiroir ?

— Oui, ainsi que d'autres valeurs également. Il arrive souvent que la remise se fasse à un mandataire. Il n'est pas question d'ouvrir le coffre devant une tierce personne. Le paquet est déposé dans le deuxième tiroir pour faciliter le transfert.

— Pourquoi deuxième ?

— Si vous êtes dans le cas, vous êtes plus attentif à ce que contient le premier. Pour les autres, vous bâcler comme si vous saviez déjà que vous n'allez rien trouver. On s'est appuyé sur une étude comportementale pour choisir le deuxième tiroir.

— Le paquet y est placé pour combien de temps ?

— Il peut y rester quelques jours parce qu'on ne connaît pas précisément quand aura lieu la transaction. Le mandataire arrive. Il est reconnu après des vérifications très sérieuses et il conduit dans la partie sécurisée. C'est le chef d'agence qui procède à l'opération, pièce fermée.

— C'est un peu artisanal, votre truc !

— Mais pas du tout ! s'insurgea Amaindry. Si le calendrier est aussi imprécis, c'est justement par précaution. Difficile de monter une opération pour coincer le convoyeur quand on ne sait rien.

— On peut le pister !

— Ce n'est jamais la même personne.

— C'est légal tout ça ?

— Nous, on ne connaît le contenu de l'échange qu'au moment de l'extraction du bordereau de la première enveloppe scellée.

— Et ça traîne comme ça dans le tiroir ?

Le patron n'apprécia pas vraiment.

— D'abord, ça ne traîne pas. Les valeurs sont placées dans un emballage prévu à cet effet puis dans une enveloppe anonyme. La remise se fait après signature d'un bordereau et le convoyeur quitte l'entreprise comme un simple visiteur. Souvent d'ailleurs après quelqu'un d'autre. Faudrait vraiment être très bien renseigné pour l'identifier.

— Ou débarquer dans l'entrepôt !

— Je vous répète qu'il s'agit d'une chambre forte.

— Mais qui pouvait être ouverte par l'agent de sécurité en l'absence de tout autre personnel…

— Protections, temporisations, systèmes. On a ce qu'il faut.

Amaindry sembla bien content de lui.

— Vous soupçonnez notre agent ? demanda-t-il sérieusement.

— Mais je soupçonne tout le monde, moi ! dit Landowski en souriant presque. On a déjà vu ça. Les braqueurs, les casseurs pistent le personnel du lieu, séquestrent un agent qui est seul ou sa famille et le travaillent au corps pour qu'il crache le morceau !

— Ils l'ont quand même frappé en partant…

— C'est ce qu'il dit en effet.

— Là vous êtes dur, Commissaire ! Il avait une blessure à la joue.

— La pommette, ça saigne toujours ! Généralement dans un coup monté, le complice doit avoir subi quelque chose. Pour le dédouaner, faut faire plus vrai !

— Après tout, c'est votre métier ! Pensez ce que vous voulez, Commissaire.

— C'est ce que je fais, monsieur Amaindry ! Et votre agent là, il savait qu'un sachet de pierres avait été déposé dans le tiroir ?

— Il n'est jamais au courant de ce qu'il y a dans cette pièce. Ni dans un tiroir, ni sur les étagères, ni dans le coffre. Pour lui, tout est dans le coffre, sauf les grands formats bien sûr.

— Mais il peut regarder et fouiller le matin quand il arrive. Et un jour, il a pu constater la présence d'un sachet un peu particulier. L'inspecter même !

— Et faire quoi après !

— En parler.

VIII

— Salut Jim, c'est Lando !

— J't'ai bien reconnu, va ! J'me disais aussi…

— Que quoi ?

— J'ai cassé une graine avec Ange hier. Une daube de derrière les fagots. Avec un excellent nectar pour pousser !

— Mais vous bossez quand même un peu de temps en temps ou vous vivez aux crochets de la République ?

— Vas-y ! Balance ça à Ange, tu vas souffrir en retour ! Il est susceptible parfois. Surtout si tu l'attaques sur son job ! Pour ma part, quand il faut que je monte à l'embrouille, je prends le pétard et j'y vais. Je suis flic avant tout. Tu sais aussi que je peux donner du mou à mon emploi du temps. J'ai des activités associatives qui me le permettent. Dans la police, on est comme les autres. On a nos morts, nos familles en détresse. On a nos orphelins.

Jim se tut un instant avant de reprendre sur un tout autre ton :

— Faut s'occuper de tout ça et quelquefois, dans le couloir, quand y en a un de ces petits bouts de chou qui te prend la main et qui serre en te regardant fixement, t'as bien envie de le prendre dans tes bras et de l'emporter à la maison…

L'un et l'autre de ces deux durs à cuire, n'eurent plus rien à dire le temps que la brume s'en aille un peu plus loin…

— Et donc Ange, t'a mis au parfum ? demanda Landowski.

— Tu penses ! On adore bosser pour toi, jouer aux gendarmes et aux voleurs ! Tu nous invites en province. On passe l'Octroi et c'est l'aventure ! C'est chouette ! Il aimerait bien quand même qu'on se refasse un saut vers… la Pointe. C'est comme ça que tu appelles ta péninsule, non ?

— C'est ça. J'y suis en ce moment pour quelques jours encore. Je ne sais pas trop en fait.

— Veinard ! Trop près du siège, c'est pas bon de toute façon. Nous, c'est le souk du déménagement et chez toi, à Levallois, c'est rayures sur l'organigramme avec un p'tit air de chaises musicales !

— J'espère que je suis encore au tableau !

— Loin des yeux, loin du cœur ! Mais ça chauffe moins ! Tu devrais aller faire un *speech* aux collègues du Québec par exemple ! Suffit de tourner à gauche Porte de Clignancourt !

— Je préfère regarder la mer en attendant qu'on ait besoin de moi !

— Et il fait beau ?

— C'est l'été indien. Les parisiens sont partis. On respire !

— C'est quand même drôle ce que tu dis, Lando. Ton appart est à Paris je te le rappelle !

— On a le droit d'avoir un pays d'adoption, un coin où on aime être plus qu'ailleurs !

— Je croyais que t'avais peur de t'ennuyer dans ta cambrousse !

— D'abord, c'est en bord de mer et pas sur le plateau des Mille Vaches. Ensuite avec les affaires qui me tombent sur le râble à chaque fois que je reviens ici, je ne vois pas le temps passer !

— Et Lorraine ?

— Elle est à Paris jusqu'à la fin du mois. Elle a toujours un tas de dossiers sur son bureau. Le tout est de faire passer ceux qui sont à gauche sur la pile de droite.

— Comme qui dirait, elle a inventé le mouvement perpétuel !

Nouveau silence.

Manifestement on allait passer des banalités à des choses sérieuses. Et ils le savaient très bien tous les deux.

— Ange m'a dit que tu avais eu la visite d'une mignonne ?

— Voyons Jim ! C'est une mère de famille !

— S'cuses ! Mais elle est chouette quand même ?

— On peut dire ça, oui.

— Et elle voulait te regarder dans le blanc des yeux ?

— Disons qu'elle a quelques soucis.

— Et elle vient demander aide et protection au Chevalier Blanc, tan tan tan !

— Ange t'a brossé le tableau, on dirait !

— Parfaitement, mon cher ! Son mari s'est fait enchristé par des collègues gendarmes pour un casse qui a mal tourné. Le juge a envie de se le faire dans les grandes largeurs vu qu'il n'a pas d'autre suspect à se mettre sous la dent. En attendant plus, on ne bouge pas une oreille !

— Mais toi, t'y vas !

— Sa femme est venue me demander de l'aider. Elle se retrouve un peu seule avec son gamin et elle tente de comprendre ce qui est arrivé à son mari ; elle voudrait bien l'aider à se dépêtrer des sales draps dans lesquels il s'est mis.

— Grand cœur va !

— J'ai dit que j'allais voir.

— Mais ça te plaît bien de répondre aux demandes d'une jolie femme, avoue !

— Le physique n'a rien à voir là-dedans. Elle me sollicite. Je ne vais pas l'envoyer bouler ! J'ai un peu d'éducation tout de même. Et puis, ça va m'occuper !

— C'est quoi le *pitch* ?

— Son affaire paraît simple. Un employé qui ouvre les portes sous la menace, un casse banal qui s'ensuit, un cadre qui laisse ses empreintes sur le matos, une voiture abandonnée, les comparses dans la nature. Une arrestation.

— Ben alors ! Que demande le peuple ? Faut secouer le cocotier et la solution va tomber toute seule !

— Si je t'appelle, c'est qu'il y a peut-être du grain à moudre en plus des évidences. J'ai repéré quelques points qui posent pour l'instant quelques questions. Faudrait éclaircir tout ça.

— Et si au final, le mec qui est au trou y reste ?

— J'aurais essayé ! Obligation de moyens, pas de résultat ! Et puis je ne transforme pas les coupables en innocents. Je me situe toujours du bon côté. Pas de doute !

— Bravo, Commissaire !

— Ce n'est pas fini ! J'ai besoin de toi.

— J'me disais aussi.

— Et t'es libre ?

— Pour l'instant, on navigue entre le Quai et les Batignolles. Y'a de quoi se perdre. Il faut faire ses paquets.

Landowski n'avait pas envie d'entendre les lamentations légitimes. Il coupa :

— L'agent d'entretien et de sécurité…

— Il touche deux fois, le mec en question ?

— C'est son patron qui veut absolument qu'on lui reconnaisse les deux fonctions.

— Pour être certain de toucher l'assurance !

— Peut-être. Donc l'agent a été contraint de permettre aux trois larrons de pénétrer dans les lieux, de faire leur marché et de ressortir avec le butin.

— Assez normal jusque-là.

— Ensuite, et c'est là que ça grince, ils l'ont frappé et ils l'ont enfermé dans sa bagnole, pieds et poings liés.

— Encore normal non ?

— …

— Si tu n'acquiesces pas, c'est que tu veux que je mette le doigt dessus.

— Oh oh, bien le vocabulaire ! Sinon t'as tout compris !

— Il a été sérieusement blessé, le mec ?

— Ben pas tellement, tu vois.

— Donc tu penses qu'il était de mèche avec les autres !

— Pourquoi pas !

— Avant de partir, ils ont voulu le faire passer pour une victime.

— Pas très nouveau comme ficelle !

— Seulement faudrait vérifier ça !

— Et c'est là que j'entre en scène, je suppose ?

— Comment t'as deviné ?

— Faut partir en province ?

— Normandie.

— T'as pas mieux ? Fait pas chaud là-haut !

— En même temps, t'y vas pas pour bronzer.

— Bof, bof…

— Ange m'a dit que tu étais accompagné en ce moment.

— Peut pas la fermer celui-là !

— Tu joins l'utile à l'agréable. Toi et ta fiancée, vous partez en couple pour un week-end en amoureux. Tu l'emmènes en bord de mer à Cabourg. Tu prends une chambre au Grand Hôtel. Un coup de romantisme en évoquant Marcel Proust ! Déjeuner, sieste, et le tour est joué ! Ensuite, tu fais une escapade vers le canal de Caen côté aciéries. Je te mets en message l'adresse où tu dois aller.

— Et c'est qui, qui paye la balade ?

— T'es en mission ! Y'a pas de souci. J'appelle ton boss. Je l'ai rencontré, y a trois ans quand il était patron de la PJ à Marseille ! Tu mettras quelques billets au pot et c'est bon !

— Et je suis censé faire quoi ?

— Tu rends visite à l'employé en question. J'aimerais bien connaître sa version des faits, tu vois. Je voudrais comprendre le rôle exact joué par le mec qui se morfond en cabane.

— Et rassurer sa jolie petite femme ?

— Elle m'a sollicité. J'ai répondu que j'allais me renseigner. C'est ce que je fais. Point.

— T'emballe pas hein, je déconne ! Tu me connais !

— Justement ! Donc tu lui poses quelques questions. Tu lui fais cracher sa version des faits. Si tu vois qu'il est en train de te mener en bateau, tu le fais rissoler un peu, histoire de retrouver la raison.

— Mais c'est interdit la gégène, Lando. On t'a pas dit ?

— C'était une métaphore pour te dire d'insister un peu et que tu voies ce qu'il a dans le ventre, Léopold !

— C'est son prénom ?

— Et oui. Tu verras qu'au bout d'un moment, il te laissera l'appeler Léo !

— Et si je ne pouvais pas répondre présent à ton invitation si gentiment formulée ?

— Parce que Madame rechignerait par exemple ?

— Ça peut.

— Je compte quand même sur tes talents pour trouver une solution et, au retour, tu me racontes tout ça hein.

— Tout ?

— Le détail de tes galipettes ne m'intéresse pas !

Landowski mit fin à la communication. Un peu rapidement d'ailleurs. D'où il était garé, il venait d'apercevoir une voiture grise remonter vers la mairie. Avec Marina au volant.

Il avait le champ libre mais il fallait faire vite. Il descendit le parking en direction de l'étang. Il passa dans une parcelle appartenant probablement au clergé puis il passa une clôture, un muretin, une palissade. Il parvint dans une cour. Il escalada. Landowski en monte-en-l'air. Une photo à faire blêmir Place Beauvau !

Il voulait visiter la maison de Marina mais sans passer par la rue trop passante, peut-être surveillée, certainement bien en vue suite aux événements. Au dix-neuvième, les badauds se pressaient pour voir la maison de l'assassin. Comme si une façade pouvait être sujette à engendrer un gibier de potence !

Les panneaux coulissants sont modernes et souvent esthétiques. Sauf que certains travaillent un peu avec le temps et qu'une carte bancaire suffit parfois à en libérer la fermeture. Question de doigté !

Le commissaire de gouttières n'insista pas longtemps avant de poser les pieds sur le tapis du séjour. Il se figea aussitôt. Principe de base de l'intrusion : écouter.

Il s'agit de savoir d'abord s'il y a un chien dans le logement. Généralement, la vérification est rapide voire instantanée. Surtout quand le bestiau vous trouve appétissant ! Ensuite, s'assurer qu'il n'y a personne pour éviter de se trouver devant le canon d'une pétoire de la guerre de quatorze avec un papy très décidé côté gâchette. Enfin s'assurer qu'il n'y a pas un enfant qui dort où qui regarde la télé. Ces vérifications faites, le champ est libre.

Que venait-il faire le commissaire dans ce logement sans y avoir été invité ? Il n'aurait pu le dire très précisément. Tout et rien probablement. Sentir l'ambiance, identifier les habitants par la décoration, les objets, l'agencement. Déplacer un livre, soulever la couverture d'un dossier. Visiter la chambre et regarder la vaisselle posée sur l'évier pour compter les habitants. Et puis aller plus loin vers un ordinateur, une tablette, un portable.

Dans le bureau, l'ordinateur manquait à l'appel. Il y avait juste les câbles attestant de la présence habituelle de l'appareil. Il ne repéra pas de tablette tactile mais trouva un téléphone portable posé sur le dessus d'un petit meuble de coin. À côté, il y avait un répertoire téléphonique. Rapidement, il flasha les pages puis il passa dans la salle de bains.

La tablette posée au-dessus de la vasque était encombrée de tubes, fioles, sachets de coton et ouate colorée, dentifrice et brosses à dents. Sur la panière à linge presque remplie, une serviette bleue et trois slips de femme dépliés et apparemment neufs. Probablement destinés à subir le premier lavage. Il souleva le couvercle de la poubelle et n'y trouva que quelques disques d'ouate à démaquiller.

Rien d'exceptionnel non plus pour une salle de bains. Il repassa dans le séjour pour jeter un œil dans le tiroir du secrétaire. Il déplaça quelques dossiers puis feuilleta des cahiers. Mais que cherchait-il au juste ?

IX

— Elle était pas motiv', ta nouvelle ?

La voiture était garée à quelques mètres du bord du canal de Caen à la mer. Le chemin de halage filait devant eux et se perdait au loin dans le gris du matin. Ange se passa la main sur le visage comme s'il avait eu besoin de se défroisser les traits après une nuit agitée.

— Ma belle, précisa Jim, elle rêve de cocotiers, de bateaux colorés dans une anse tranquille et d'une trentaine de degrés l'après-midi au moins ! Une légère brise serait éventuellement tolérée ! Pas une plage immense avec du vent frisquet où il faut faire des kilomètres à pied avant de tremper les pieds dans la mer !

Jim grimaça.

— Elle est du ch'Nord pourtant non ? demanda Ange.

— Dunkerque ! Bray-Dunes plus exactement.

— Devrait être habituée !

— Mais justement ! Elle connaît. C'est beau aussi.

— Pas pareil ! Je préfère la Méditerranée.

— Forcément, t'es natif !

— J'aime bien la Bretagne !

— T'irais pas souvent vers l'Ouest si Lando n'y était pas !

— T'as raison. Lui dit pas hein, il va se gonfler et faire la roue ! Il est assez cossard parfois !

Il inspira fort. La nuit avait quand même été un peu difficile.

— Et donc ta copine, elle regrette pas la Mer du Nord.

— Elle a donné quand elle était jeune ! Aujourd'hui, elle aspire à autre chose. D'ailleurs elle ne veut pas y retourner ! Quand on compte quelques dizaines, on cherche du chaud, du douillet !

— Je vois ! Avec un oreiller qui respire !

— Les amoureux, c'est comme ça !

— J'aurais bien besoin d'une piqûre de rappel !

— Te prive donc pas, Ange !

— Et donc elle attend que son amant magnifique l'emmène se faire dorer toutes les faces sur un sable blond que la mer bleu turquoise lèche doucement !

— T'as d'viné ! Du coup, quand je lui ai parlé de la proposition de Lando, elle m'a regardé avec des yeux ronds comme des billes, comme si j'étais un ovni.

— Ou un naze !

— Aussi oui ! Moi qui suis de la ville, bouffeur de boulevard, de métro et de miasmes dégueulasses !

— Ou alors un radin à la petite bourse craquelée avec juste deux sesterces à l'intérieur !

— J'espère que ce n'est pas l'une de tes petites phrases à double sens que tu me sers là !

— Bien sûr que non !

Ange se mit à rire. De quoi faire protester Jim.

— Mais c'est ça ! Fais du boucan ! Tu dis des conneries et on va se faire repérer !

— Du coup, t'as appelé Ange pour te servir de chaperon. J'suis toujours la voiture-balai !

— Lando, il a souvent des trucs merdiques à nous proposer ! Il pensait que je pouvais m'occuper de Léopold tout seul. Juste une petite visite de courtoisie plus une petite bousculade du mec, histoire de plomber un brin l'ambiance !

— C'est pas beau de secouer le témoin, non, non !

— Surtout qu'on ne sait pas si l'agent d'entretien a quelque chose à se reprocher ou non !

— Le commissaire compte sur nous, tu sais bien !

— Parce qu'il sait qu'on est des pros ! Et puis sinon, il demanderait à qui, hein ? S'il nous snobait, on serait bien capables d'être vexés non ?

— T'as raison !

L'attente commençait à s'éterniser. Ange se redressa sur son siège.

— Mais Lando, qu'est-ce qu'il va foutre dans une affaire comme celle-là ? demanda Jim.

— Il aime bien rendre service ! Surtout si c'est une femme qui le lui demande si gentiment !

— Tu parles ! T'as vu l'entreprise tout à l'heure ? Deux ou trois bâtiments comme on en voit partout. Un parking devant des bureaux. Un truc commun de chez banal. J'aimerais bien savoir comment on apprend qu'il y a des diam's dans le tiroir d'un bureau et qu'on décide tout à coup d'aller se servir, tu vois !

— Ben justement, Léopold était peut-être au courant.

— Et il en parlé à des copains…

— Qui sont montés au casse !

— Et c'est pour ça qu'on végète dans cette bagnole comme deux pêcheurs qui ont oublié leur canne à pêche !

— Et qui n'osent pas rentrer de peur que bobonne se foute de leur gueule !

Ils rirent tous les deux.

— Chut, ça bouge ! dit Jim en montrant un homme qui arrivait à vélo par le chemin de halage, un cabas accroché au guidon.

Léopold rentrait du marché ! Le cycliste fit quelques mètres encore à petite vitesse puis il tourna à gauche.

— Il y a quoi par-là ? demanda Ange.

— Plusieurs rues parallèles qui débouchent au bord du canal. Léopold crèche dans l'une d'elle.

— Celle qu'il vient de prendre ?

— Non. Une plus loin.

— Et derrière nous ?

— Tu arrives au restaurant “L’Espérance”. Avec vue sur le canal. Lando connaît.

Ange s’étonna :

— Comment ça, il connaît ?

— Le père de Lorraine a été en poste à Caen. Elle a voulu revenir une fois. C’est dans ce restaurant qu’ils ont déjeuné si je me souviens bien de ce qu’il m’a dit.

— Ben alors, il aurait pu venir lui-même au lieu de nous coller la mission.

— À la base, c’est à moi qu’il a demandé. Pas à toi !

— Seulement, t’es bien content d’avoir un porte-flingue pour assurer tes arrières !

— T’es toujours armé comme un croiseur lourd. Ça aide !

— C’est quand même plus sûr qu’une dulcinée qui fait la tronche dans la bagnole en attendant que tu prennes du plomb !

— Tout de suite les grandes envolées !

— On fait quoi ?

— On va juste poser des questions ! Pas serrer l’ennemi numéro un !

— Justement ! On va procéder comment ?

Jim plissa les yeux. Il entrait dans le match.

— Léopold vit seul depuis que sa femme est partie avec un camionneur, expliqua-t-il.

— Pas d'enfants ?

— Une fille qui vit à Londres. Elle est dans la finance. Une tronche à ce qu'il paraît.

— Il vit avec quelqu'un ?

— Lando m'a dit qu'il a une copine mais qu'il ne l'invite jamais dans la maison où il a vécu avec sa femme.

— Vitrine aux souvenirs…

Lui-même, en avait aussi quelques-uns.

— J'suis censé venir le voir, reprit Jim. J'vais me pointer à la porte d'entrée qui donne sur la rue. Je vais sonner. Il vient m'ouvrir. Je présente ma carte et je le jauge en même temps.

— Toujours l'éclair dans l'œil hein ?

— Allumé ou éteint, ça prédit l'avenir immédiat.

— Et puis ?

— Je m'annonce normalement sur le seuil et je lui dis que je veux m'entretenir avec lui de l'affaire dans laquelle il est cité comme témoin.

— Normalement, là tu vois tout de suite si ça va le faire !

— Pendant ce temps, toi tu joues aux Indiens en longeant le canal. Tu vérifies qu'il n'y a pas de lézard, que tout se passe comme il faut. Une fois entré chez lui, je devrais pouvoir l'approcher non loin d'une baie vitrée. Toutes les maisons ici, essaient de profiter de la vue sur le canal. Tu pourras observer la scène. Quand tu peux, tu pénètres.

— Et j'assure, comme d'hab' !

— C'est parfait comme ça. Si Léopold commence à faire du vilain, on se le prend à quatre mains et on lui explique les gravures. Ensuite, s'il a quelque chose à nous dire ou pas, on avisera à ce moment-là.

— Vu qu'on n'a pas de mandat, c'est un peu effraction et séquestration ça, non ?

— Tu verrais ça comment toi ?

Ange soupira.

— Il y a deux éventualités. Ou l'agent de sécurité est blanc comme neige et on sent qu'il s'est juste trouvé là au mauvais moment et…

— …on le laisse tranquille !

— Laisse-moi finir ! Ou il est pas *clean*…

— …et on le branche sur le secteur !

— Arrête de déconner ! N'oublie pas que dans un cas comme celui-ci, on n'est jamais à l'abri. On le connaît pas ! C'est dans un contrôle de routine que tu t'en prends une dans le buffet. Généralement la dernière !

Jim protesta.

— Mais on dirait un pépé, le mec ! Tu l'as vu sur sa bécane, non ? Manquait plus que le paquet de poireaux dépassant du cabas !

C'est le jardinier d'Argenteuil, ptêt' ?*

Jim sembla se rallier aux arguments de son collègue et ami. Ange détailla son plan :

---

*Film de 1966 où Jean Gabin, faussaire discret, jouait au père tranquille.

— On le laisse déballer ses achats, mettre les trucs dans le frigo, sortir la poêle et le beurre pour le poiscaille ou le steak. Pendant ce temps-là, je verrais bien une entrée discrète par le jardin pour chouffer* à l'intérieur sans être vu. Je vérifie que la voie est libre et, alors, tu fais le tour et tu te présentes normalement tandis que moi, je me colle à la fenêtre. Si besoin, j'interviens illico.

— Tu me rejoins ensuite ?

— J'te laisse un peu le mettre en confiance. Faut penser à ce qu'il va raconter plus tard aux collègues chargés de l'enquête. On n'a pas de mandat, je te le rappelle. On n'est pas en poste en Normandie non plus. Tu es à la PJ moi à la DGSI. Et c'est à Paris notre base ! On s'ennuie. Alors on part en virée sur la côte. On débarque chez un mec qu'on ne connaît même pas et on se met à le cuisiner !

Jim ouvrit de grands yeux.

— T'as raison, ça va faire tache !

— Tu la joues façon salon où l'on cause. T'y vas sur la pointe. Quand tu sens qu'il traîne des pieds, tu me siffles et…

— …il a peur et il déballe tout en te voyant !

— Ou pas ! Présomption d'innocence !

— Si tu veux.

Les deux compères quittèrent le véhicule puis longèrent une haie retenue par un grillage avant

---

*« Regarder » en argot.

d'arriver au petit croisement entre le chemin de halage et la venelle où habitait Léopold. Devant la maison du gardien, un jardin en friche descendait vers le canal. Le lieu de vie était placé en hauteur sur un rez-de-chaussée servant probablement à entreposer une barque ou des objets servant au canotage, à la pêche ou autres activités nautiques.

À l'étage, on apercevait une porte-fenêtre à petits carreaux. Le rideau de droite était tiré mais à gauche la vision était dégagée comme si c'était l'endroit habituel pour regarder le canal puis l'autre rive. Devant la large fenêtre, il y avait une avancée en ciment, plutôt un balcon qu'une terrasse, ceinturé de fer forgé à la facture désuète. La dalle était percée d'un escalier en colimaçon permettant de rejoindre directement la cave et le jardin.

Dans le coin gauche, il y avait de grosses jumelles montées sur un trépied. Pas très neuf le binoculaire et du genre militaire avec une sorte de capote de protection !

Ange donna un coup de coude à Jim et approcha sa bouche de son oreille droite.

— Pour reluquer discrètement les naïades ! dit-il en chuchotant.

— Courageuses !

Le visage de Jim s'éclaira. Il voyait bien le voyeur lubrique, planté derrière les lentilles et occupé à détailler les anatomies féminines. Mais peut-être qu'il observait tout autre chose. Des trafics par exemple, les cours d'eau avec un accès à la mer étant toujours propices aux transactions les plus discrètes au petit jour.

— J'entre dans le jardin, dit Ange. Je monte sur le balcon par l'escalier et j'examine l'intérieur. Quand je te fais signe, tu fais mouvement vers la porte d'entrée.

— OK !

Ange passa un petit portillon enchâssé dans la haie en évitant bien de faire grincer la ferraille puis il avança aussitôt vers la maison pour se mettre à l'abri du balcon. Ainsi l'occupant des lieux, s'il lui prenait l'envie de sortir sur son belvédère, ne remarquerait pas l'intrus. Valait mieux. Ange venait de s'apercevoir qu'il ne disposait pas vraiment de zone de repli et qu'il pouvait se faire arroser de plomb sans avoir beaucoup de chances de préserver sa peau. Les lieux étaient ainsi configurés. Il fallait faire avec. D'ailleurs, ce n'était pas la première fois.

Il en avait régulièrement réchappé mais il aimait de moins en moins ces lieux sordides et trop calmes ou le silence s'apparentait trop à la mort.

Il jeta un œil par la petite fenêtre de la cave. Il y avait bien des embarcations la coque en l'air qui ne semblaient pas avoir servi depuis bien longtemps. À côté, un bric-à-brac sans nom comme il en existe dans beaucoup de maisons, l'humain ayant une propension à entasser des objets pouvant servir à quelque chose plus tard alors qu'ils resteront là jusqu'au changement de propriétaire. Ange posa la main sur la rambarde de l'escalier métallique pour en tester la solidité et surtout la discrétion. Il ressentit une sorte d'oscillation. Le métal sollicité manifestait sa résistance mais sans l'accompagner du moindre son.

Ange commença à gravir l'escalier marche par marche avec le toucher du pied digne d'une gazelle. Si un individu téméraire s'était risqué à évoquer la moindre ressemblance entre les deux, il y avait fort à parier que le climat aurait tourné à l'orage et à la grêle !

Quand il parvint à placer les yeux à hauteur du bas de la porte-fenêtre, il s'arrêta. D'abord celle-ci n'était que repoussée. Ensuite il voyait un grand salon meublé comme chez grand-maman avec canapé à fleurs ternies, table basse à pieds massifs et canevas encadrés accrochés aux murs. Manquait plus que l'alpiniste moustachu gravissant l'escalier enneigé dans son cadre de bois marron.

Au milieu de la cloison d'en face, s'ouvrait un étroit couloir très lumineux se terminant au fond par la porte d'entrée percée d'un oculus en verre dépoli. Sur la gauche, une porte ouverte. On n'aurait pas pu la refermer d'ailleurs, vu que les deux pieds d'une personne allongée auraient empêché la manœuvre.

Ange fronça les sourcils. Y'avait un blême, un coucou dans le potager, un os dans le pâté. Pour le moins. Il scruta les lieux en approchant ses yeux du bas de la vitre. Il voyait parfaitement à l'intérieur. Journée ensoleillée et plafonnier du couloir allumé supprimaient les gris et les noirs.

L'homme allongé semblait immobile. Pourtant Ange apercevait dans l'espace des mouvements légers comme quelqu'un debout qui aurait bougé un peu par moments. Il entendait aussi quelqu'un parler mais sans comprendre la conversation.

Le bas de pantalon ressemblait bien au vêtement porté par Léopold sur son vélo. Il était donc à terre, probablement en mauvaise posture, voire inanimé vu le tableau. Apparemment, il n'était pas seul non plus et cette deuxième personne ne manifestait pas le moindre empressement à relever l'agent de sécurité et d'entretien. On était donc un peu loin de la rencontre amicale.

Ange redescendit l'escalier et rejoignit Jim qui attendait toujours le signal.

— Ben alors qu'est-ce que tu fous ! On va pas rester là jusqu'au déjeuner ! C'est quand même simple. On y va point barre !

— Sauf qu'il y a quelqu'un avec lui, mon p'tit père !

— On s'en tape ! On montre notre carte et on le vire !

— P'têt pas, non !

— C'est quoi l'embrouille ?

— Léopold n'est pas seul ! En plus il est allongé par terre et il ne bouge plus !

— Oh m… !

— Comme tu dis !

— T'es sûr ?

— J'en viens !

— Quand je te disais que Lando avait toujours des plans merdiques…

— Sauf qu'on va pas le laisser comme ça, l'ami Léo !

— Ben non. Tu proposes quoi ?

— Je vais entrer dans le salon en passant par le balcon vu que la porte-fenêtre n'est pas complètement refermée et…

— …on leur tombe dessus ensemble !

— Non, répondit Ange.

— Pourquoi non ?

— J'ai envie d'entendre ce qu'ils se disent pour comprendre un peu ce qui se passe. S'il y en a un qui a foutu une mandale à l'autre et qu'il le maintient à terre, y a une raison…

— …qui peut avoir un rapport avec notre affaire !

— T'as tout compris ! Donc je pénètre gentiment et je m'approche du couloir. Il est juste en face. Toi tu passes de l'autre côté et tu te places près de la porte. Doit y avoir des marches. Un perron ou quelque chose comme ça. Fais gaffe à ton ombre. La porte est vitrée et le soleil sera dans ton dos.

— OK ! Une fois en place, j'attends ton feu vert.

— Quand je hurle, tu entres !

— Si la porte n'est pas fermée à clé ! Enfin on verra bien. Sinon je descends le vitrage et j'enjambe. On va le faire au feeling et ça va marcher comme d'hab'.

— Comme t'es pas très grand, fais gaffe quand même de ne rien laisser au passage ! Le verre cassé, ça tranche direct !

Jim secoua la tête en soupirant. Même dans les moments graves, Ange faisait de l'humour. Peut-être pour conjurer le sort. Quand on joue la surprise, elle se retourne parfois contre vous. Les armes ne demandent qu'à servir, c'est bien connu !

Ange repassa discrètement dans le jardin et remonta l'escalier sans faire de bruit. Jim avait déjà disparu dans la venelle. Le côté de la porte-fenêtre se laissa manœuvrer sans difficulté.

— Tu vas cracher le morceau !

La phrase venait de fuser d'un coup. Ange écouta.

— Tu sais très bien que je peux te faire plus mal, dit une voix grave, beaucoup plus même. Le coup de crosse, c'est moi. C'était pour la galerie. On aurait dû faire plus tout de suite et t'emmener avec nous. Mais, là maintenant, j'en ai rien à foutre de toi. Tu nous as bien eus sur ce coup-là. On s'est tapé la ferraille à fourrer dans la bagnole pour faire plus vrai alors que toi, tu savais déjà que le bon magot était parti. Bien sûr puisque c'est toi qui l'avais mis à gauche ! Pour te barrer avec hein ?

Il y eut une sorte de borborygme comme unique réponse.

— Je te retire le bâillon si tu es prêt à coopérer. Tout à l'heure, t'as voulu jouer au mariole. Tu t'en souviens hein ? Si tu veux gueuler pour ameuter tout le quartier, c'est sur ton cadavre qu'ils vont buter quand tes voisins ouvriront la porte ! Sera pas forcément beau à voir, t'imagine. Moi, je serai déjà loin, tu penses. Alors tranquille ?

Ange supposa que Léopold avait acquiescé.

— On reprend si tu veux bien. Mais pas longtemps hein ! On va pas y passer la journée, non plus !

— On se connaît. Je vous ai trouvé une affaire. Qu'est-ce que tu vas faire de moi ? demanda Léopold d'une voix cassée. Après…

— T'es venu nous chercher pour ce boulot. C'est bien payé. Heureusement que c'était un contrat. On touche quand même. Toi aussi. Sinon c'était pour notre pomme ! Sauf qu'on a fait chou blanc et le client, ben, il est pas content de ta prestation. C'est donc à toi de voir pour ton avenir. Tu nous expliques la fin du film et tout rentre dans l'ordre. Il est où le sac qui était dans le tiroir ? Je suis là pour que tu rendes ce que tu as piqué ! Après, tout rentre dans l'ordre. Tout le monde la ferme et on n'en cause plus. Y' avait pour du lourd certainement. Pas cette merde de gravier de jardin public !

Il y eut un silence pesant.

— Tu nous as doublés, c'est ça ? Tu as bossé pour quelqu'un d'autre et nous, on a servi de paravent pour porter le chapeau ? C'est ce qu'on m'a demandé de te faire préciser. Parle fort qu'on t'entende.

Nouveau silence.

— Tu imagines bien qu'on va pas te laisser aller baver sur notre compte en continuant à te faire passer pour une victime. Et moi, je peux pas repartir sans rien. Sinon tu y passes forcément ! J'ai des obligations. Tu comprends ça ?

— Mais j'ai rien fait, gémit Léopold. J'ai rien pris !

— Comment t'expliques que ça a foiré alors que tout était pile poil ? On te braquait à l'embauche. Tu ouvrais le sésame. On remplissait la bagnole. On filait à l'anglaise. Le client empochait son jackpot et voilà !

Léopold protesta :

— Mais l'alarme spéciale de la pièce s'est déclenchée !

— Tu l'avais pas prévu ça ?

— Ben si forcément. Elle est temporisée. Elle aurait pas dû gueuler si tôt !

— Moi, je vais te dire ce que je crois. L'appât du gain t'a rattrapé. T'as pensé te servir aussi, après tout, c'est humain. Moi j'aurais disparu aussitôt. Faut vite faire des kilomètres et disparaître quand on veut baiser son prochain. T'as vraiment cru qu'on ne comprendrait pas ton petit jeu à la con ? T'as joué à l'entourloupe, Léopold ! Mais t'as merdé !

— Non, non !

— Mais si ! Du coup, on a fait fissa et on a été obligés d'abandonner le butin alors qu'il était notre bonus. On entendait les sirènes et on n'aimait pas. C'était foutu.

Ange entendit cliqueter du métal puis un bruit de pas. Ce dernier son ne semblait pas venir exactement du même endroit. Peut-être Jim dans l'escalier. Il comprit que l'agresseur se déplaçait dans la cuisine. L'accord entre les parties ne semblait pas possible. Léopold risquait de passer un sale quart d'heure. Ange conclut qu'il était temps de mettre un terme à l'entretien.

Tout se passa très vite. Ange hurla le prénom de son collègue tout en entrant brutalement dans le couloir. Léopold cria à son tour tandis que la porte d'entrée s'ouvrait violemment et que la vitre éclatait contre la cloison. L'inconnu voulut aussitôt s'échapper et il se rua dans le couloir. Il croisa Jim qui fit demi-tour pour prendre en chasse le fuyard. Ange lui emboîta le pas.

L'inconnu filait vers le canal en direction du restaurant puis il revint sur ses pas comme s'il retournait chez Léopold par l'autre rue. Les deux policiers le virent passer au fond de la venelle côté canal avant de se retrouver tous les deux sur le chemin de halage à courir.

— Allume-le ! dit Ange dans un souffle. On va le perdre !

Jim stoppa net. En position weaver, il tira. Il y eut deux coups de feu. Là-bas, l'homme fut jeté à terre par l'impact de la balle. Ange s'arrêta.

— C'est bon. Il est fixé. Tu t'occupes de lui. Je retourne voir Léopold.

Ange remonta la venelle au pas de course puis il grimpa l'escalier du perron et entra chez l'agent d'entretien.

Il n'y avait plus de bruit, comme le calme après la tempête. Les pieds de Léopold dépassaient encore dans le couloir. Ange les enjamba. En regardant le propriétaire des lieux, il comprit que l'homme ne déjeunerait pas ce jour-là et il éteignit le gaz qui attendait l'ustensile.

L'agent d'entretien et de sécurité avait les yeux clos et le menton appuyé sur la poitrine. Le visage avait reçu des coups et la chemise était lacérée. Probablement par la lame du long couteau à pain dont le manche ouvragé émergeait de sa poitrine dans la région du cœur.

Ange secoua la tête. Comment en était-on arrivé là ?

Il avait besoin d'air. Il sortit sur le perron. Déjà des badauds venaient aux nouvelles en tirant des bords le long de la route, de peur qu'un tireur ait encore envie de faire un carton.

Il redescendit la venelle en direction du canal

pour rejoindre Jim. Son collègue et ami était agenouillé à côté du corps du fuyard.

— Il est mort ? demanda le collègue.

— Oui.

— Tu l'as pas raté, dis donc !

— Non.

Jim se releva et, en regardant Ange, il laissa tomber :

— J'ai visé les jambes.

— Et alors ?

— Ben, c'est quelqu'un d'autre qui l'a tué !

X

— Alors y a eu de la casse ?

Landowski avait Jim au téléphone. L'épisode du canal était encore tiède.

— Heureusement que ma femme a refusé la balade idyllique que tu me promettais l'autre jour, Commissaire ! Si je m'étais pointé, la bouche en cœur, ptêt' que je te parlerais pas en ce moment. J'aurais sonné à la porte tout bêtement et sonné en même temps le retrait définitif de ma vie publique ! Un coup à avoir les collègues en rangs d'oignons devant le plumier vernis !

— L'autre n'aurait peut-être pas ouvert ! Va savoir ! Il avait du pain sur la planche !

— Sauf que j'aurais insisté puisque j'étais venu pour ça. Certain !

— Et tu serais reparti ! Une porte close, ça fatigue au bout d'un moment !

— Laisser tomber ? Sans faire le boulot ? Enfin Lando, c'est vexant quand tu mets ma conscience professionnelle en cause ! Tu me déçois, tu sais !

— J'ai pas dit ça !

— J'aurais fait le tour du propriétaire. Pour prendre la température, essayer de comprendre où je mettais les pieds. Comme on l'a fait avec Ange.

— Et vous avez terminé la visite en fixant le fuyard !

— Je voulais pas le descendre vu qu'il avait encore des trucs à nous dire.

— Là c'est un peu tard, non ?

Il y eut un blanc dans la conversation. Même quand c'est un malfrat qui est envoyé *ad patres*.

— Tu as pu apprendre des trucs quand même ?

— L'interrogatoire tournait autour de la joncaille qui manquait au tableau. L'individu voulait savoir ce que Léopold en avait fait, s'il avait engourdi le magot, s'il travaillait pour quelqu'un d'autre. Ce genre de trucs quoi ! C'est toujours la même histoire chez les voyous. Avant de jouer aux vilains, c'est toujours ami-ami. Au retour, on ne s'aime plus parce que les parts de gâteau ne sont pas équilibrées ! Des fois aussi, on vide des chargeurs pour un oui pour un non. Manque de neurones !

— Il répondait quoi Léopold ?

— Il jouait à l'innocent. Il ne voyait pas bien de quoi parlait l'autre. L'amnésie, ça touche vraiment un paquet de gens. C'est fou ! Il a nié en bloc. De quoi énerver l'autre, tu penses bien. Puis Ange a compris que le ciel allait se couvrir. On est allés au charbon.

— Vous avez procédé comment ?

— On comptait le prendre en tenaille, le tortionnaire de Léopold. Coup classique. On l'a fait souvent avec Ange. Moi je vais au clash devant et lui, il assure derrière. Un numéro breveté de duettistes !

— Et alors ?

— L'autre l'avait déjà un peu abîmé, le vigile. La chemise était découpée façon chiffons pour essuyer les jantes en alu quand tu sors du gymkhana avec ta super-bagnole. Il avait quelques pètes sur le visage et sur le front. Rien de bien méchant à ce stade-là sauf qu'on approchait dangereusement de l'estocade finale.

Jim toussota.

— Devait y avoir le couteau à pain sur la table, continua-t-il. Avec manche en corne et plaque de cuivre d'origine gravée à la main. Un truc à ramener comme souvenir avec la poupée folklorique et le fromage qui schlingue dans la valise !

— On dirait que t'as donné toi, question colonie de vacances !

— Ben oui ! T'allais à Oloron-Sainte-Marie te faire tartir avec des promenades interminables où l'on croise des troupeaux avec des cloches qui tintaient sans arrêt, des orages nocturnes avec la flotte qui coulait sous la tente. Et en été quand les potes étaient à Lacanau ! Oui j'ai donné. J'en veux plus.

Il y eut un silence. De ceux qui pèsent assez lourd.

— L'autre, il te lui a planté la lame en plein cœur ! Jusqu'au manche, hein ! Faut de la force quand même ! Curieusement, ça n'a pas saigné des masses mais bon, il est mort l'agent d'entretien. C'était pas un canif non plus !

— L'autre, il a cru ce qu'il racontait ?

— Difficile à savoir ! On avait dû lui dire de faire quand même le ménage avant de partir. Quel que soit le résultat de ses investigations. D'après Ange, ça s'est passé comme ça. L'autre allait lui faire les dernières misères. Il tenait le manche et il devait jouer à découper lentement le tissu, histoire d'impressionner. La lame qui glisse sur la peau, ça doit faire réfléchir. Quand Ange a hurlé et que j'ai cassé la porte, le tueur a dû enfoncer la lame d'instinct. On a entendu Léopold hurler. Le mec, il m'est passé au ras du bide, en coup de vent, et il s'est barré dehors. On a embrayé aussitôt. Il nous a baladés un peu au bord du canal. Puis il s'est ravisé. Il a fait demi-tour. De quoi énerver Ange qui m'a dit de le stopper. Ce que j'ai fait.

— Et tu as vérifié ton impact sur le corps ?

— J'ai vu tout de suite qu'il avait pris la mienne dans le haut de la cuisse gauche. Comme je l'avais voulu. Seulement, il y avait eu deux coups de feu. Le mien bien sûr et un autre. Le coureur s'est pris la deuxième balle à la base du cou. Elle est ressortie de l'autre côté d'ailleurs. Joli calibre ! Elle a fait des dégâts pas possibles. Carotide, trachée. Enfin, tu vois le topo. Il n'avait aucune chance de s'en sortir. Y'a eu des bulles rouges, des soubresauts et du raisiné qui coulait dans l'herbe. Tu sais Lando, on a beau avoir déjà vu des tableaux comme ça, on ne s'habitue jamais vraiment à la mort des gens en direct.

— Je comprends…

— Et puis on a voulu mettre la main sur le tireur. Nib ! Le temps qu'on s'agenouille une minute, le tueur s'était fait la malle. On ne savait pas dans quelle direction chercher puisqu'on ne l'avait même pas vu. Des routes pas très larges, de la végétation ! Impossible de faire du bon boulot. Après, y avait risque de confusion avec les voisins et les badauds.

— On ne reprend pas de fromage quand on entend des coups de feu, c'est connu !

— Exact ! On a laissé tomber, surtout qu'on entendait les sirènes. Les locaux se sont approchés, flingue en main. Ils faisaient gaffe. Faut dire qu'ils voyaient deux civils armés avec un cadavre au pied. Rien à voir avec des pêcheurs à la ligne. Tu sais, une sorte d'image de film un peu glauque. Un peu d'humidité. Des mecs aux mines graves. Mais ils ont vite relâché la pression quand ils ont vu nos cartes. On leur a parlé de toi. C'est fou comme tes nom et qualité font toujours de l'effet !

— Leur central m'a appelé très vite après ça ! Ils avaient déjà identifié le défunt. Une petite frappe au casier long comme le bras. Vols à la roulotte, extorsions de fonds, des trucs de correctionnelle ! L'homme idéal pour conduire la voiture, le matin du casse.

— Le lien avec l'agent de sécurité ?

— Se sont connus en Maison d'Arrêt. Léopold y était pour coups et blessures sur sa femme.

— T'as le lien avec ton affaire !

— J'espère !

— Bon Lando, je ne m'ennuie pas mais…

— T'as un rancart, je suppose.

— Exact ! On te faxe les rapports dès que c'est prêt !

Jim sembla hésiter avant d'ajouter :

— Et puis…

— Oui quoi ? demanda Landowski tout d'un coup soupçonneux.

— Au bout de l'autre flingue, y avait quelqu'un.

— Et alors ?

— Fais gaffe. Il tire bien !

Le divisionnaire comprit le message. Il avait tendance à oublier parfois qu'il n'était pas invincible. Peut-être justement pour se donner le temps de vivre.

Après ce déballage de turpitudes humaines, Landowski avait besoin d'air. Il sortit sur la terrasse. Le ciel vers l'horizon s'était habillé de gris foncé. Pas bon signe. Il était content de savoir que l'affaire mal démarrée s'était bien terminée pour ses deux compères. Ange, le Méditerranéen. Jim, le parisien. Les personnes qui comptaient le plus pour lui. Après Lorraine bien sûr ! Il chassa rapidement les images noires d'un avenir plombé comme le ciel.

Donc Léopold était bien dans le coup. Landowski se dit qu'il allait s'intéresser de près à son pedigree. L'agent d'entretien se dessinait comme étant l'informateur rêvé pour le casse. Il ne le voyait pas en organisateur ni en chef de bande. Pas besoin d'aller si loin. Il avait dû apporter l'affaire contre rémunération et d'autres avaient monté le coup. Étant dans la place, il avait facilité l'entrée des casseurs. Ils étaient trois, d'après ses propres renseignements. Il avait bien été obligé de donner du grain à moudre aux enquêteurs. Avec sa pommette saignante, il avait pu se faire passer pour une victime et échapper aux soupçons de base. C'était sans compter sur un divisionnaire bien habitué à ces montages peu intelligents des casseurs ou des braqueurs de tout poil. Ceux-ci sont toujours certains d'avoir la baraka sur le coup qu'ils préparent. Ensuite, c'est au placard qu'ils peuvent réfléchir longuement au suivant !

Un hic quand même avec cette histoire d'alarme. L'agent de sécurité pratiquait le système chaque jour. Il en connaissait donc parfaitement le fonctionnement. Pourtant la sirène et les gyrophares s'étaient mis en marche quelques minutes après la fermeture du sas. À ce moment-là, il était déjà ficelé et enfermé dans le coffre de sa propre voiture.

Donc il n'avait pu rien voir. Ni rien faire directement. L'un des casseurs avait-il voulu ouvrir le sas à nouveau ? Est-ce qu'ils avaient eu un remords par rapport au coffre ? Pour refaire une tentative, il aurait fallu ressortir Léopold de sa cage et risquer de tout faire foirer. Alors quoi ?

Une fois dans la place, l'un des membres du groupe avait subtilisé le contenu de l'enveloppe placée dans le tiroir. Une femme apparemment. Donc ils savaient bien ce qu'il y avait dedans. Seulement l'enquête et les entretiens n'avaient pas révélé si quelqu'un en avait ou non vérifié le contenu. Difficile donc de préciser à quel moment les sachets de diamants avaient changé de main. Légitimement, les casseurs avaient accusé Léopold qui avait pu pénétrer dans la pièce sécurisée avant l'arrivée de ses comparses. Avait-il eu le temps de placer son larcin dans sa propre voiture par exemple ?

Mais plus gros encore !

Ce matin-là, est-ce que les pierres étaient encore dans le tiroir ? Personne n'était en mesure de répondre à cette interrogation. Un membre du trio ? Léopold, peut-être…

S'il en était devenu le nouveau possesseur, il avait préféré mourir plutôt que de dire où il les avait cachées ? Peut-être parce qu'il ne les avait déjà plus. Mais alors, à qui les avaient-ils remises ? Suite à quel chantage odieux ?

Landowski se dit alors que l'agent d'entretien avait très bien pu simuler un casse et se faire passer pour une victime. Les trois compères avaient bien emporté une sorte de trousse. Il avait bien vu ce truc noir allongé et rectangulaire sortir de la grande enveloppe puisqu'il avait été contraint de les accompagner dans la pièce et de les voir faire leurs courses. Il l'avait d'ailleurs précisé lors de sa déposition. Ils pouvaient crier maintenant, qu'il n'y avait pas ce qu'ils attendaient à l'intérieur. Ils avaient pourtant pris ce qu'ils voulaient. Mais pourquoi les croire ? Et pourquoi brailler puis tuer sans raison ? Landowski se dit en souriant que la vérité, cachée derrière un paravent, se moquait bien de lui !

Il en était à marcher de long en large sur la terrasse quand il entendit :

— Bonjour, Commissaire !

C'était Marina vêtue d'un tricot traditionnel à rayures tombant sur un jean bleu marine qui l'interpellait.

— Je peux entrer ? demanda-t-elle.

Comme s'il y avait la moindre chance qu'il refusât !

— Faites le tour ! Maintenant vous connaissez le chemin !

Landowski referma le dossier qu'il avait ouvert sur l'affaire. Il y avait des documents officiels faxés par les services de police, des photos, des notes personnelles, une liste de tâche à accomplir. Même des post-it ordonnés sur des feuilles blanches servant de supports. Si accorte était-elle, Marina n'avait pas à en prendre connaissance.

Elle traversa la maison puis elle arriva en terrasse.

— Je suis entrée…

— Sinon, je serais allé vous ouvrir !

C'était très précisément ce qu'il s'apprêtait à faire. Il trouva la visiteuse passablement effrontée. Le logis reste un bien propre. Incessible, inaccessible, personnel, intime. Landowski n'était pas du genre à jeter tous les tabous aux orties. Surtout qu'il n'était pas propriétaire des lieux. La prochaine fois, il donnerait un tour de clé…

— Bonjour Commissaire ! Je passais. J'allais voir s'il y avait du poisson frais au port. Je me suis permis…

— Je vous aurais appelée sinon.

— Vous avez du nouveau ?

— Oui. Enfin, on n'en est encore qu'à des choses qui ne concernent pas directement votre mari mais ça éclaire certaines facettes de l'affaire et…

— C'est quoi ?

— L'agent d'entretien de l'agence normande où a eu lieu le casse a été assassiné hier à l'heure du déjeuner.

— Ah !

Landowski nota qu'il y avait davantage de satisfaction dans le ton que de l'étonnement. De compassion n'en parlons pas.

— Un individu, abattu par la police peu de temps après d'ailleurs, a torturé l'employé pour qu'il avoue où étaient cachés les diamants.

— Comment ça des diamants ?

Landowski l'observa.

— Ceux qui ont été volés par les casseurs !

Marina sembla tomber des nues.

— Je n'en savais rien.

— Votre mari évoquait bien devant vous quelques épisodes de sa vie de tous les jours, non ?

— Oui mais il ne me parlait jamais de choses aussi précises concernant les activités de l'entreprise. De mon côté, je ne lui faisais pas de confidences sur les dossiers que j'avais en cours.

De quoi parlaient-ils alors, se demanda le policier qui continua :

— Toujours est-il que les casseurs sont venus au dépôt spécialement pour dérober ces pierres.

— Et c'est le gardien qui est mort qui les avait prises ?

— On n'en sait rien. Elles étaient gardées dans une pièce sécurisée. Après le casse, on n'a retrouvé que le bordereau. Selon le directeur de l'entreprise, monsieur…

— Amaindry ! Georges Amaindry !

— Oui c'est ça ! Ce monsieur m'a dit que l'une de ses activités consistait à entreposer discrètement des valeurs très précieuses puis à les remettre à des convoyeurs chargés de les transporter jusqu'à leur destination finale. Votre mari était certainement au courant.

— Je le suppose mais il a toujours respecté la confidentialité de sa fonction !

— C'est tout à son honneur mais peut-être aussi que c'est la convoitise exacerbée de voyous qui l'a conduit où il est aujourd'hui. Vous comprendrez qu'ils sont pour le moins contrariés que ces pierres ne soient pas en leur possession comme c'était prévu à la base.

— J'ai quand même un peu de mal à les comprendre, Commissaire ! Je ne les pratique pas vraiment. Ce n'est pas mon milieu !

Landowski nota la réaction cinglante. Elle se défendait pied à pied, la jeune femme. Avait-elle donc quelque chose à cacher ?

— Pour Jean, c'est bon ou c'est mauvais ? demanda-t-elle en relevant la tête.

— Difficile à juger pour l'instant. Il y a des zones d'ombre. Faut arriver à remplir les cases. Disons que ça veut dire qu'il y a anguille sous roche et que certains ont envie de faire bouger les lignes. S'il y a un pactole à la clé, il y a forcément des amateurs !

— On sait qui a tué cet employé ?

— Un repris de justice. Ils s'étaient connus en prison. La promiscuité endémique qu'il y a dans certaines maisons d'arrêt, ça crée des liens !

— Ça veut quand même dire des choses s'ils s'entre-tuent ! Mais Jean n'a rien à voir là-dedans. On veut l'impliquer, c'est certain. Pour une raison que j'ignore mais c'est quand même un peu gros.

— Vous pensez ça ? demanda Landowski, hypocrite.

— On trouve un sac de sport avec une sorte de sachet et une bouteille d'eau. Des empreintes sur le plastique mais seulement celles de Jean. On a donc effacé les autres. On trouve un plan. Je suppose que Jean va en être l'auteur. Et maintenant on a perdu la rivière de diamants. Vous ne trouvez pas qu'on lui remplit un peu trop la barque à mon mari ?

— Il y était ce jour-là !

Marina s'emporta :

— Mais non, il n'y était pas. Il était déjà sur la route du retour ! On peut vérifier avec le téléphone.

— Vous connaissez ça, vous ?

— Mon beau-frère est dans les télécoms à Quimper. Alors vous pensez !

Landowski soupira.

— On a vérifié justement.

— Ben alors vous avez pu vous en rendre compte !

— Pas moi. Je vous rappelle que je ne suis pas chargé de cette affaire. Les enquêteurs ont pu refaire son parcours. Son portable professionnel est resté éteint durant une partie de son trajet avant d'être rallumé.

— Vous allez me dire que ça n'a pas été possible de le tracer ?

— Si sauf qu'il y a quand même un blanc de bonne heure le matin.

— Parce que pour dormir, Jean, il éteint toujours les portables. Le sien perso, et le professionnel. Il n'a pas pensé à le rallumer assez tôt. Est-ce que la zone muette recouvre l'heure du casse ?

— Pas du tout. Il est réellement loin de Carpiquet à cette heure-là.

— Ben alors ?

Landowski eut envie de l'admettre. On coupait les cheveux en quatre et l'épouse se défendait très bien.

— Et si les casseurs nous en voulaient ? proposa-t-elle.

— Ils auraient des raisons ?

Marina réagit au quart de tour :

— Bien sûr que non !

Ce qui ne l'empêcha pas de repenser à son entretien avec l'homme au parfum.

— Mais, reprit-elle, ils enfoncent Jean et ce n'est pas pour rien.

— Il les a gênés et manifestement il gêne encore.

— Alors, ils le tueront.

— La prison…

— Il vaut mieux qu'il y reste tant qu'on n'en saura pas plus !

Elle soupira. Landowski jugea un peu curieuse cette solution relativement protectrice. Normalement elle aurait dû exprimer le désir de voir son mari rentrer pour, justement, être là pour lui et faire front ensemble.

— Il faut que j'y aille, dit-elle sans s'apercevoir du questionnement personnel du commissaire.

Puis elle ajouta simplement :

— Je dois récupérer Jamie à l'école.

— L'autre jour, il était avec vous, non ?

— C'était un mercredi !

Elle avait réponse à tout, songea Landowski. Parfois elle chancelait mais elle se rattrapait vite aux branches. Elle ne reculait pas d'un poil et elle ne se livrait pas. Une véritable Mère Courage !

XI

On aurait dit qu'il allait presque faire beau. L'arrière-saison hésitait vraiment à donner de belles journées claires chassant les nuages et les idées noires.

La maman de Marina tira sur la porte menant à son petit jardin pour l'ouvrir. Elle insista. Depuis que ses filles avaient fait changer les portes et fenêtres pour gagner en confort et faire des économies de chauffage, cette porte était un peu plus lourde et elle collait au chambranle. Certes l'étanchéité était là et le petit sifflement du vent du nord cherchant à entrer avait disparu. Seulement, c'était difficile pour une dame âgée. Et puis il y avait cette clenche à relever pour que l'on puisse tourner la clé. Dans la journée, la grand-mère ne fermait pas la plupart du temps ou bien elle ouvrait toute grande la porte donnant sur la rue et elle attendait que le courant d'air s'engouffrant dans le couloir fasse claquer l'autre.

Et ça la faisait rire ce vent fou qui secouait ses cheveux comme si elle s'était dressée à la proue d'un navire, tenue par les bras solides d'un amant magnifique. Elle avait vu quelque chose comme ça dans un film à la télé mais elle ne se souvenait que de cette image. Et ça lui plaisait d'y penser.

Ah oui, le père de ses filles avait été si bon avec elle. Bien sûr qu'il l'avait tenue serrée. Même quand il n'avait pas encore retiré sa cotte bleue au retour du travail. Et puis il aimait bien l'entraîner dans la chambre avant le dîner. Après la naissance de Rosie et de Marina, les élans de la jeunesse s'étaient calmés et les relations avaient pris un tour plus conventionnel.

Le samedi, ils grattaient un peu la terre dans leur jardin. Ils avaient des salades et des pommes de terre, des oignons et des poireaux. De quoi agrémenter le poulet du dimanche.

La vieille dame se remémorait tout ça quand elle se retrouvait seule dans son jardin. Elle y passait souvent l'après-midi. Ses filles lui disaient de faire attention à ne pas rester dans les courants d'air. Ce qu'elle ne leur disait pas, c'était que ses souvenirs étaient là le long de ces allées de terre battue.

Elle entendait les rires de ses filles qui jouaient à cache-cache, leur père qui leur demandait d'arrêter. Des chansons aussi. Elle revivait ces moments où, assis, elle et son époux sur le banc qu'il avait fabriqué, regardaient le coucher de soleil descendre derrière les grands arbres bordant le terrain du voisin. Aujourd'hui, ils n'étaient plus là ces troncs magnifiques. Des logements les avaient grignotés peu à peu.

Ce lieu préservé, c'était son atelier mémoire. Son souhait c'était qu'elle puisse, jusqu'à la fin, venir s'y ressourcer. Et si son parcours s'arrêtait là au milieu d'un bel après-midi, elle en remercierait le ciel.

Elle s'assit sur le banc. Ce n'était plus tout à fait le même mais l'ambiance était encore là. Tout à l'heure, une de ses filles passerait, elle ne savait plus trop laquelle d'ailleurs. Elles lui avaient interdit de continuer à aller au marché toute seule. Elle était tombée une fois sur la place et elle s'était ouvert le genou gauche. C'était juste devant le camion du boucher-charcutier ou un autre commerce ambulant peut-être, parce que sa mémoire s'amusait à mélanger entre eux des souvenirs et elle ne savait plus très bien. Ce qu'elle n'avait pas oublié, c'était qu'elle en avait gardé une petite cicatrice mais ce n'était pas bien grave. Ses jolies jambes n'avaient pas vraiment souffert.

Elle entendit la porte d'entrée s'ouvrir. La porte donnant sur le jardin frappa le chambranle mais ne claqua pas. Si l'on entrait vivement, ça se passait toujours comme ça.

Elle s'attendait à voir Marina ou plutôt Rosie descendre les trois marches menant au jardin. Rosie ne travaillait pas. Sauf à la maison pour s'occuper de ses trois enfants dont des jumeaux venus après l'aîné.

Non, c'était un homme.

Vraiment cette chemise à grosses rayures, ça ne lui allait pas du tout. L'association de couleurs n'allait pas non plus. S'il avait une femme, cet homme-là, elle ne l'avait pas vu partir ce matin. Ou alors elle s'en fichait bien !

— Je suis là ! dit-elle aussi fort qu'elle le pouvait.

Le visiteur tourna la tête dans sa direction. Elle fit un signe. Avec le pommier chargé de fruits, on ne la repérait pas derrière la végétation. Il l'avait vue. Il descendit les marches et marcha tout droit puis il bifurqua dans une allée perpendiculaire et s'approcha. Bien avant qu'il n'ouvre la bouche, c'est son parfum qui titilla les narines de la vieille dame. Elle se dit que l'inconnu devait s'en être copieusement aspergé parce que son odorat à elle avait bien faibli avec l'âge. Il devait aimer vivre au centre de cette odeur factice ou masquer la sienne qui ne lui plaisait pas. On ne pouvait pas sans raison traîner dans son sillage de tels effluves. De quoi déplaire aussi à d'autres. Quelle femme aurait accepté…

Non, elle ne le connaissait pas. Ou alors, elle ne le reconnaissait pas. Tant pis, si c'était le fils de truc machin, il saurait bien le lui dire. Elle ferait alors semblant de s'en souvenir.

— Bonjour, dit-elle en souriant.

— Votre fille n'est pas là ?

L'ancienne ouvrière dodelina de la tête. Elle ne trouvait pas son compte dans cette prise de contact impromptu. Elle aurait quand même bien aimé entendre un bonjour en retour. Ces jeunes n'avaient plus aucune éducation. Tous ceux et celles qui n'étaient pas de sa génération étaient des jeunes pour elle. Celui-ci était un peu noiraud. Affaire de pilosité trop importante sans doute. Et puis il devait transpirer. Le bord du col de chemise semblait humide.

La retraitée l'avait détaillé de la tête aux pieds. Elle cherchait à voir à qui elle avait affaire. Son défaut de mémoire l'obligeait à scruter davantage pour savoir ou reconnaître.

— Vous cherchez après laquelle de mes filles ? J'en ai deux.

Elle leva la main pour indiquer le nombre en faisant le V de la victoire.

— Celle qui est un peu boulotte ! répondit l'autre sur un ton qui se voulait enjoué.

Et il fit un geste pour indiquer l'embonpoint. Ce qui déplût aussitôt à la maman qui grimaça.

— Ce n'est pas Marina. On se demande comme elle fait pour rester mince. On dirait une jeune fille. Exactement comme elle était avant de se marier. D'ailleurs, ça fait un moment que son mari n'est pas venu me voir.

— Il est en voyage, je crois.

— Ah bon ? Marina ne m'a rien dit.

— Et l'autre ?

— Rosie ? Elle passe aussi mais je ne sais plus très bien les jours. C'est elle que vous cherchez à voir ?

— J'aimerais bien !

Décidément, elle n'aimait pas ce ton. Ni rien de lui d'ailleurs. Un repoussoir de première.

— Alors vous la connaissez ? demanda-t-elle en s'efforçant de rester polie.

— Un peu comme ça !

— Ah si ! dit-elle tout à coup en s'agitant un peu sur son banc. Rosie est passée ce matin prendre le linge. Donc elle ne reviendra pas aujourd'hui.

Elle voulait qu'il s'en aille et vite. L'odeur du parfum l'indisposait vraiment.

— Elle doit être rentrée chez elle alors ? dit le visiteur sur un ton qui se voulait léger.

— Pensez avec ses trois, elle a fort à faire !

— Elle n'est pas loin ?

— Elle a habité du côté des Prés Verts sur la route de Quimper. Y' avait une conserverie dans le temps. Maintenant elle est du côté de la route de Pont-Aven. J'ai oublié le nom de la rue.

Elle plissa les yeux. Elle avait beau chercher, elle ne trouvait pas un seul élément pouvant lui dire qu'elle avait déjà vu cet individu. Les traits de la jeunesse persistent un peu à l'âge adulte. Elle oubliait des choses mais pas à ce point. L'inquiétude lui vint tout à coup.

— Mais qu'est-ce que vous lui voulez à Rosie ? dit-elle en se levant péniblement à l'aide de sa canne.

Elle ne savait pas trop pourquoi mais elle en faisait des tonnes. Le visiteur se mit à rire.

— La secouer un peu !

— Mais enfin. Ce n'est pas une chose à dire ça ! Elle a eu des grossesses difficiles. Ce n'est pas de sa faute si elle a pris du poids !

— Je n'en ai rien à faire. Ce que je voudrais lui dire c'est qu'elle devrait freiner sa sœur Marina. Celle-là, elle met son nez partout. Faudrait qu'elle reste à sa place.

— Ah si son mari vous entendait !

— Justement, il n'est pas là. Et il ne rentrera pas de sitôt !

La belle-mère s'inquiéta.

— Qu'est-ce qu'il se passe avec mon gendre ?

L'autre ricana.

— Il a quelques ennuis avec les gendarmes ma pauv' dame !

Elle posa sa main gauche à plat sur sa poitrine.

— La police ? Mon Dieu !

— Nous, on peut l'aider.

— Mais si vous pouvez, pourquoi vous ne le faites pas ?

— Faudrait lui dire à votre fille de rester sage. Sinon je crois que je vais être obligé de la corriger ! Ah ah !

— Mais vous êtes dérangé, mon pauvre garçon ! Partez de chez moi tout de suite où je crie !

L'homme la serra au cou.

— Essaie donc de gueuler, mémé, et je t'étrangle !

Elle n'arrivait plus à respirer. Il la lâcha en ricanant.

— Tu leur diras, à toutes les deux hein, de me lâcher les baskets et de la mettre en veilleuse. Sinon ça va mal finir ! Ah ah !

Un rire sardonique aux lèvres, il tourna les talons. Il était assez content de lui. Il aimait bien faire peur.

La grand-mère leva sa canne pour menacer l'intrus qui montait déjà les marches. Elle tenta de crier mais les sons restèrent dans sa gorge. Elle avait mal dans la poitrine. Si mal.

Au même moment Marina démarrait sa voiture. Elle avait dû ruser pour sortir de chez elle et retrouver son véhicule garé non loin du Centre Culturel. Elle était passée sur le petit pont en contrebas, côté rivière, pour s'en approcher. Elle avait sollicité le commissaire. S'il s'était intéressé à l'affaire, il pouvait très bien l'espionner. D'ailleurs, elle, c'est ce qu'elle aurait fait. D'un autre côté, elle s'en trouvait rassurée. Si l'inconnu parfumé pointait ses arêtes, le policier serait là. Peut-être.

Une fois assise au volant, elle quitta rapidement le parking. Pas question de rester trop traîner pour se faire voir. Les faits divers aiguisent les regards et les curieux du dimanche sont très bons pour trouver des fautes où il n'y en a pas.

Elle remonta la rue Le Bas puis elle tourna en direction de Tourc'h. Un peu plus loin, elle franchit le passage à niveau. Ensuite elle tourna à gauche en direction d'une cité. Comme pour tromper l'ennemi, elle passa d'une rue à l'autre dans la cité avant d'en ressortir et de monter en direction de la piscine communautaire. Elle revint sur ses pas. Elle ne croisa pas de véhicule en maraude. Elle put donc se diriger tranquillement vers la maison de son enfance devant laquelle elle s'arrêta.

Elle prenait des précautions sans trop savoir pourquoi. Comme elle ne comprenait pas bien ce qui leur arrivait à elle et sa famille, elle restait prudente. Même si ça semblait ne servir à rien. Tant qu'elle n'aurait pas tout compris, elle devait se préserver. Ses proches aussi.

Elle monta la petite allée de pierres plates. La porte d'entrée résista comme d'habitude. Une fois dans le couloir, elle constata que la porte donnant sur le jardin était ouverte. Sa mère devait être encore à l'extérieur dans son carré de verdure qu'elle aimait tant.

Elle irait la voir tout à l'heure. Elle avait quelque chose d'urgent à faire sans que sa mère s'en aperçoive. Elle ouvrit une porte sur sa droite puis elle descendit dans le garage se trouvant au niveau de la rue. Par la petite fenêtre donnant de la lumière dans le local, elle jeta un œil au dehors. Tout était tranquille, elle traversa le garage. Au fond, il y avait la partie buanderie et un fil à linge pour finir de sécher les draps. Du bric-à-brac aussi avec des caisses en bois pour ramasser les pommes pour l'hiver.

Au bout de la cloison de parpaings, il y avait un passage libre. Son père disait toujours qu'il y mettrait une porte. Il ne l'avait jamais fait. Dans le second local, un recoin masqué par une demi-cloison où il avait été question un temps d'y installer la buanderie mais la maman s'y était opposée. C'était loin de l'escalier. C'était trop sombre et ça resterait humide. Toutes les objections avaient été évoquées. Du coup le papa s'était emparé de l'endroit et il y avait installé de la lumière, un petit établi et deux armoires métalliques ramenées de l'usine. Des cadenas en interdisaient l'ouverture.

Marina récupéra les clefs cachées dans un endroit très discret qu'elle ne révélerait à personne. Même si elles en connaissaient le contenu, ni sa maman, ni Rosie ne savaient où se trouvaient les sésames.

Elle ouvrit l'armoire de droite.

Devant elle, il y avait une seconde porte métallique qui s'ouvrait avec une toute petite clef à manœuvrer à l'envers. Derrière elle trouva ce qu'elle cherchait. Il y avait là plusieurs fusils de chasse dont un à canons sciés, des boîtes de cartouches, une dague allemande, un casque lourd américain, un masque à gaz. Entre autres. L'ensemble était hétéroclite car des objets de la dernière guerre côtoyaient du matériel pour chasseur et des armes plus récentes. Comme cet automatique…

Marina s'en empara immédiatement. Elle l'accompagna du fusil de chasse à canons sciés et de munitions pour les deux armes. Elle ne savait pas bien encore ce qu'elle allait faire de ça. Se protéger ? S'en servir ? Elle verrait bien. Elle n'excluait rien.

Elle remonta au rez-de-chaussée. Elle enroula une couverture autour du matériel puis elle se passa les mains sous l'eau et s'essuya pour faire disparaître les traces de graisse.

Ensuite elle se dirigea vers le jardin et elle franchit la porte ouverte.

Aussitôt, elle comprit. Sa mère avait basculé tête en avant dans le parterre de fleurs.

— Maman !

XII

— C'est toi, Marina ?

Rosie venait de s'approcher de la porte d'entrée sans vraiment se presser. Elle venait juste de poser son fer sur le socle de sa centrale vapeur. Si Marina ne pouvait entrer c'était que sa sœur avait machinalement donné un tour de clé en rentrant tout à l'heure. Avec ses jumeaux turbulents, il valait mieux anticiper. Certains jours, ils étaient extrêmement turbulents et, dans ces séquences de folie, tout pouvait arriver. Quand ils se couraient après dans le couloir des chambres et dévalaient l'escalier, il n'aurait pas fallu grand-chose pour qu'ils continuent à se poursuivre à l'extérieur. Une fois, ils s'étaient retrouvés au milieu de la chaussée sans se soucier des voitures. Côté rue, une haie broussailleuse composait un rideau infranchissable et renvoyait donc le passage vers le portail mais comme Rosie peinait à sortir de sa voiture, elle avait tendance à le laisser ouvert. De la rue de Ruveil située tout à côté, arrivaient des voitures quittant le centre-ville. Peut-être pas aussi lentement que nécessaire pour la sécurité. D'où l'utilité d'un tour de clé !

Elle était en train de repasser dans la chambre débarras du rez-de-chaussée. C'était le local du linge, sale à descendre au sous-sol, propre à repasser. Ainsi qu'une quantité de choses aussi volumineuses qu'inutiles. Quand elle avait entendu le mouvement grinçant du pêne puis le petit coup de sonnette, elle en avait souri. Marina devait être impatiente de connaître le résultat des recherches de son beau-frère Hubert et piaffait dans l'entrée.

En passant devant la cuisine, Rosie avait prélevé un morceau de tarte aux pommes dans le plat en verre posé sur le buffet. Pas un grand, juste un coin. Avec un trottoir selon le parler du cru. Certains clients de pâtisserie n'en voulaient pas et savaient le préciser. Rosie elle, n'était pas aussi difficile !

Elle tourna la clé. Elle n'eut pas le temps d'appuyer sur la poignée en laiton que la porte s'ouvrait violemment. Heureusement qu'elle avait le bras levé pour porter le dernier morceau de tarte à sa bouche. La manche de son paletot froufroutant l'empêcha de se prendre l'arête de bois en plein visage.

Du coup, elle bascula en arrière et chuta lourdement sur la moquette du couloir dévoilant dans le mouvement basculant des dessous d'un rose pastel très délicat.

Non ce n'était pas Marina qui venait ainsi de pénétrer chez Rosie. C'était un homme en chemise à grosses rayures et exhalant un parfum à réveiller les sinus.

Elle le vit se pencher sur elle encore un peu groggy. Elle tenta de rabattre le pan de sa robe qui s'était retroussée sur ses cuisses dans la chute. Puis elle regarda cet inconnu avec un sourire niais qui repoussait la porte dans son dos.

— Mais, mais que voulez-vous ? demanda-t-elle d'une voix mal assurée. Mon mari sera là d'une minute à l'autre. Il va vous jeter dehors. Je n'ai pas d'argent. Partez de chez moi !

En protestant ainsi, Rosie s'était mise assise puis à genoux et elle se relevait péniblement.

— Ton mari ? C'est pas lui qui va me bousculer. C'est un gringalet ! Je souffle dessus et il tombe ! Il est au boulot à Quimper. Tu ne le reverras que ce soir.

Il rit.

— Si tu es sage, bien sûr.

— Faites ce que vous voulez et partez !

— Tss, tss ! Même si j'aime bien les fanfreluches de couleur, je n'ai pas l'intention de profiter de toi ! Y'a des jours et je suis désolé de te dire ça mais tu n'es pas mon genre. Tu vois, moi je serais plutôt intéressé par ta sœur ! Elle se tient bien. Elle a l'œil qui brille et le corps qui pétille sous ses fringues.

Rosie avait un peu de mal à suivre. Le discours du visiteur lui semblait un peu bizarre. Donc forcément dangereux. Encore un effort et elle se retrouva sur ses pieds face à l'intrus. Elle grimaça en sentant le parfum bon marché dont il avait dû s'asperger copieusement avant de venir. Pour cacher la sueur qu'il semblait produire excessivement. Le genre d'homme qu'elle ne pouvait souffrir.

— Mais Marina n'habite pas ici ! dit-elle en espérant le faire repartir très vite.

— Mais je le sais bien, ma cocotte ! Elle crèche du côté des étangs. De là, elle pouvait admirer son époux s'essoufflant sur le sentier puis l'éponger à son retour. Surtout le samedi pour s'en refaire une petite !

Il rit encore.

— Ta sœur Marina, elle est un peu seule en ce moment vu que son mari est à l'ombre. Il y a un côté du lit qui reste froid. C'est dommage !

— Il est innocent. On va le relâcher bientôt !

— J'aime bien ton « bientôt ». C'est une manière optimiste de voir les choses. Moi j'dis qu'il est pas près de sortir du trou !

— Pourquoi vous vous intéressez à nous ? Des femmes seules et libres, y en a plein maintenant que les couples se défont pour un oui ou pour un non !

— Sous les lames de mon plafond, je la connais celle-là !

Rosie le trouvait bête à manger du foin.

— On va pas rester dans le couloir, si ? Tu faisais quoi avant que j'arrive ? Un clafoutis ou une blanquette ?

— Euh, je repassais !

— Ben allons-y sinon tu vas cramer les fringues !

Rosie tourna les talons et se dirigea vers le fond du couloir puis elle tourna à gauche, le pot de colle sur les talons.

— C'est ici, dit-elle en poussant la porte sans entrer.

— Vas-y devant, mignonne ! J'ai pas envie de prendre un pain dans la tronche !

Ils entrèrent tous les deux. Rosie se plaça de l'autre côté de la table à repasser.

— Qu'est-ce que vous voulez à la fin ? demanda-t-elle, exaspérée.

— J'y viens dit-il, en caressant du petit linge soyeux dans le grand panier d'osier.

À ce moment précis, elle venait de comprendre ce que Marina lui avait dit l'autre jour. Elle aussi avait, tout à coup, des envies de meurtre.

— Je l'ai déjà dit à ta sœur. Je me répète donc ! Il y a toi, ta sœur, vos quatre enfants. Plus mémé ! Je sais où vous habitez. Je peux vous faire du mal. Vous n'avez pas idée !

— On va aller le dire aux gendarmes !

— Et après, vous irez vous cacher dans les bois ?

Il ricana d'un son insupportable.

— J'attendrai patiemment et un jour, je pourrais enlever un enfant ou deux…

Il pointa un doigt menaçant vers Rosie.

— Et je les ferai disparaître ! Vous n'aurez que vos yeux pour pleurer et ce sera bien fait pour vous, entêtées que vous êtes toutes les deux !

Il s'énerva et de la salive apparut aux commissures de lèvres.

— Est-ce que c'est bien clair ce que je dis ou pas ?

Rosie bredouilla un « oui » tremblant.

— Ben tu vois, ma belle ! On y arrive. Ton beau-frère, il a pas été gentil avec nous. On était en affaire et il a voulu jouer au cador. Et nous ça nous fait de la peine, tu comprends ?

Il se frotta les mains.

— Alors qu'est-ce qu'on fait dans ces cas-là ? Dis-moi !

— Je ne sais pas !

— Je vais te le dire ! On met la pression pour que le petit malin rentre dans le rang et rende gentiment ce qu'il a malencontreusement dérobé !

— Mais il n'a rien volé !

— Alors, il va venir nous expliquer !

L'homme sourit.

Il avait pris son temps pour bien caler sa phrase. Il en était satisfait.

— Donc moi je remplis la mission qu'on m'a donnée. Je vois chacun des membres de votre famille et je délivre mon message. Voilà !

— Qui à part moi ?

— Je viens de chez ta mère…

— Qu'est-ce que vous lui avez fait ?

Rosie avait bombé le torse et posé la main sur le fer à repasser.

— Joue pas à Jeanne d'Arc. T'as pas le profil pour monter à cheval !

Il rit et continua :

— Ensuite je vais aller voir ta sœur !

— Vous allez nous harceler longtemps comme ça ?

Il haussa les épaules.

— La balle est dans votre camp ! Nous, on préférerait que Jean sorte du placard, qu'il règle le différend et qu'on reparte tous, bons amis. Vous n'avez rien à faire dans des trucs comme ça. Vous êtes des caves. C'est pas votre milieu. Faut laisser tomber avant qu'on en arrive aux extrémités !

— Pourquoi Jean aurait-il fait ça ?

— Parce que tout un chacun à un prix ! On ne bouge pas pour de la menue monnaie mais quand tu vois les zéros qui s'alignent, tu réfléchis. C'est comme ça, c'est la vie !

Il leva l'index vers le plafond.

— Y'a quoi là-haut ?

Rosie blanchit.

— Des chambres, une salle de bains.

— Tu me montres ?

Alors, il avait changé d'avis…

— Monte devant ! ordonna-t-il.

Une fois dans le couloir, l'individu se fit ouvrir les pièces et y jeta un œil sans y entrer.

Devant la chambre des parents, il s'arrêta plus longuement.

— C'est un grand lit, dis donc. C'est pour la corrida ?

Rosie ne répondit pas. Elle serra plus fort la lame de cutter qu'elle avait pu prendre dans le panier à couture. Elle s'en servait pour couper les fils qui dépassaient des ourlets. Qu'il l'invite à s'allonger et elle lui ferait sa fête à ce porc.

Elle en était presque contente quand il dit :

— Couche-toi pour voir !

Rosie entra dans la pièce, marcha jusqu'au lit puis se retourna pour s'asseoir sur le bord du matelas. Lentement, elle passa une jambe puis l'autre avant de se laisser aller en arrière. L'intrus ricana. Il était temps d'en finir. Rosie écarta les jambes mais juste de quelques centimètres comme pour envoyer un message subliminal. Dans sa main cachée sous elle, elle tenait son arme improvisée.

Mais le malfrat rit encore au lieu d'être intéressé.

— Relève-toi, c'est assez pour aujourd'hui ! Chuis pas d'humeur ! Une autre fois peut-être.

Il la suivit jusqu'au palier.

— Passe devant, ordonna-t-il au bord de l'escalier.

Rosie passa sa main devant elle pour masquer le scalpel puis elle saisit la rampe de l'autre. Lentement, elle descendit deux marches.

— Ben allez ! Tu traînes ! protesta l'inconnu.

C'est à ce moment qu'elle se retourna et voulut lui planter la petite lame dans l'abdomen. Il para de la main, le temps de se faire une estafilade puis il poussa Rosie du pied gauche. Elle tenta de se retenir à la rampe qu'elle serrait encore et la douleur remonta vers l'épaule. Elle lâcha prise et finit de descendre les marches en glissant.

Elle cria.

— Je t'ai dit tout à l'heure que c'était pas ton truc. Tu as réussi à me faire une écorchure. J'aime pas ça ! Pas du tout !

Il la gifla violemment.

— Pour t'apprendre ! Je devrais te tuer. Légitime défense !

— Relevez-moi, j'ai mal !

— T'es bien comme ça ! Moi je pars ! N'oublie pas ce que j'ai dit. Si vous ne bougez pas, vous allez le payer. Grave, grave !

Il n'en dit pas davantage, enjamba Rosie qui était sur son chemin et sortit en claquant la porte.

Rosie soupira. Elle s'en sortait bien. Seulement, elle avait mal partout et son genou gauche était en train d'enfler surtout que la jambe s'était coincée entre deux barreaux. Elle ne pouvait donc pas se déplacer ni aller téléphoner. Les garçons avaient piscine. Ils rentreraient tard. Elle allait rester là dans cette posture grotesque ?

Elle entendit qu'on appuyait sur la poignée de la porte. Elle eut un haut-le-cœur. Son tortionnaire avait un regret. Il venait la tuer pour ne pas laisser de témoin derrière lui.

Rosie cria. Pour qui, pourquoi. Qui allait l'entendre ? Qui pouvait encore la sauver ? Elle ferma les yeux parce que la porte s'ouvrait. Pourvu que ça aille vite.

— Rosie, t'es là ?

C'était sa sœur. Rosie respira.

— Au bas de l'escalier ! Viens vite !

Marina se précipita et elle passa les mains sous les aisselles de Rosie pour la sortir de cette étrange posture.

En se tenant toutes les deux, l'aînée parvint à se mettre debout.

— Tu as mal où ça ? demanda Marina qui voyait sa sœur grimacer.

— Un peu partout, tu vois ! Le dos surtout. Il m'a ptêt' fêlé une côte ce salaud !

— Mais qui ?

Marina s'en doutait déjà. Ce parfum entêtant…

— Tu as eu de la visite ?

— Un drôle de mec, graisseux, dégoulinant. Berk ! J'ai cru que c'était toi mais c'était lui.

— Il t'a…

— Non. Pourtant je voulais qu'il essaie. On est allés dans la chambre. Il m'a fait m'allonger. J'avais pris une lame de cutter que je laisse dans mon nécessaire à couture. Il faut toujours couper quelque chose. S'il me rejoignait, je savais où l'atteindre. On en est restés là, lui dans l'encadrement de la porte et moi sur le lit. Ensuite dans l'escalier, il m'a giflée. J'avais essayé de le piquer. C'est là que j'ai dévalé les marches un peu vite.

— Il t'a parlé de quelque chose ? Pourquoi il fait tout ça ?

— Il s'est foutu de moi, il a dit des trucs que je n'ai pas compris. Il en a après toute notre famille. Il a dit qu'il pourrait faire du mal aux enfants. Il a parlé aussi de Jean qui n'aurait pas été réglo avec lui, avec eux. Enfin je ne sais plus. Ton mari doit arranger ça sinon, il va s'en prendre encore à nous.

Elle alla s'asseoir sur une chaise de la cuisine.

— Il a déjà commencé, laissa tomber Marina.

— Comment ça ?

— Je reviens de chez maman. Je l'ai trouvé allongée dans le jardin.

— Elle est blessée ?

— Non. Juste des égratignures. Y' avait des ronces. Elle a dû faire un malaise. Le médecin d'à côté est venu. Il a voulu l'hospitaliser. Elle a refusé catégoriquement. Le couple de voisins était arrivé aussi. Ils ont entendu le remue-ménage. Ils ont promis de ne pas la laisser seule cette nuit.

— On aurait pu la prendre, toi ou moi !

— Tu sais comment elle est. Elle n'aurait jamais voulu.

Marina se redressa.

— Et je vais avoir un truc urgent à faire, ce soir…

— Elle t'a dit qu'elle avait vu ce type ?

— Elle a parlé de parfum et j'ai tout de suite compris.

— Mais qu'est-ce qu'il nous veut ?

— Il veut qu'on lui rende un sac de pierres précieuses !

— Des, des… pierres précieuses ?

— Le casse c'était pour les voler. Seulement ils n'ont rien. Apparemment. Y'en peut-être un qui les a bernés.

— Et ils le reprochent à Jean ?

— Je ne vois pas bien pourquoi. En fait, il doit manquer un maillon. Ils ont commencé à faire le ménage chez eux. L'agent d'entretien a été poignardé. Celui qui l'a tué a également été éliminé. Notre seul lien, c'est celui qui est venu voir maman et toi ensuite.

— C'est le même que tu es allée voir à Concarneau ?

— Exact. C'est le seul fil qui nous rattache à cette affaire. Je vais donc m'occuper de lui et vite !

— Tu vas le tuer ?

— Ce sera à lui de voir.

Rosie pinça les lèvres. On entrait dans le sérieux. Elle connaissait très bien sa sœur. Elle irait jusqu'au bout. Elle en avait…

— Heureusement que je suis allée chez maman, dit Marina. Demain matin, on l'aurait retrouvée morte dans son jardin.

Elle regarda fixement sa sœur.

— Il fallait que j'aille à la cave…

— La cave du fond ?

— Oui.

— Tu vas faire des bêtises, Marina ! Pense à ta famille, à nous. Si tu deviens une meurtrière, tout va basculer. Pense à Jamie !

— Justement, j'y pense tout le temps.

— T'as pris quoi dans l'armoire de papa ?

— Juste ce qu'il faut pour me défendre.

Elle toussota. Elle était déjà bien décidée à attaquer. Attaquer vraiment. Il fallait en finir.

— Tu as ce que je t'ai demandé ?

— Hubert s'est débrouillé.

Rosie sortit une feuille de papier pliée et la tendit à sa sœur qui en prit aussitôt connaissance.

— C'est drôle, remarqua-t-elle. Ce mec n'a aucune imagination. Il se sent supérieur, intouchable. Il ne doute de rien ! L'autre jour, il m'a baladée puis ramenée à deux pas de son logement. Comme s'il voulait que je le remonte du port pour lui éviter de marcher !

Rosie n'en demanda pas davantage. Elle se sentait fatiguée. Le contrecoup de l'agression sans doute. Elle avait envie de prendre un cachet contre la douleur puis de ranger et de se recoiffer avant que ses fils ne reviennent de la piscine. Elle voulait rester discrète sur son aventure.

Elle n'avait pas non plus envie de connaître les

projets de sa cadette. Surtout si elle décidait d'aller trop loin. Elle le saurait bien assez tôt.

Marina comprit aussi qu'il était temps de laisser Rosie reprendre ses esprits et retrouver une vie normale. Et puis elle avait du lait sur le feu ! Elle rentra chez elle en faisant un détour. L'autre, elle voulait bien le rencontrer, mais c'est elle qui allait fixer l'heure et l'endroit. Et il ne serait pas déçu du voyage !

Quand elle se glissa chez elle par le chemin venant de la Remise du Moulin, elle ne le remarqua pas. Le temps sombre peut-être.

Landowski était là, juste à quelques mètres d'elle.

XIII

Sur la table de la salle à manger, Marina avait étalé son armement. Avant de procéder à cette exposition, elle avait enfilé des gants de latex. Au moment de l'action, elle en porterait aussi. Côté empreintes, elle avait déjà donné !

Ensuite elle avait ouvert la couverture ramenée de chez sa mère puis elle avait soigneusement essuyé les armes, la boîte de cartouches et les deux chargeurs. Histoire de leur redonner une virginité ! Ensuite, elle avait manœuvré les mécanismes et testé les détentes.

Le fusil de chasse à canons sciés voisinait maintenant avec une poignée de cartouches qu'elle avait sorties de la boîte. Les étuis étaient nickel. À côté de l'automatique, elle avait déposé un deuxième chargeur qu'elle avait minutieusement garni. Pour être plus certaine du fonctionnement de l'arme, elle avait vidé le premier chargeur, changé les balles et l'avait remis en place. Il suffirait d'armer et elle serait en capacité de s'en servir réellement.

Le maniement du fusil de chasse lui était davantage étranger. Certes elle l'avait pris en main, visé puis elle avait tiré quelques cartouches. C'était au fond des bois avec son père. Il avait voulu l'initier au cas où la guerre serait de nouveau à nos portes. Il avait de très mauvais souvenirs concernant sa propre famille.

Il l'avait fait tenir le pistolet d'abord pour qu'elle l'ait bien en main et ensuite parce qu'il était plus discret et dissimulable, à l'inverse du fusil qui tenait un peu du tromblon et faisait son poids.

Marina n'avait pas encore échafaudé un plan précis. Le moment venu, elle aviserait. Ce dont elle était sûre, c'était qu'elle devait bousculer les quilles, prendre l'avantage et tenter de régler l'affaire. Tant que l'équipe de casseurs, ou ce qu'il en restait, n'avait pas repris possession des diamants, Jean et sa famille tout entière seraient en danger.

La pauvre maman risquait d'être violentée. Rosie aussi. Tuées peut-être. S'ils s'en prenaient aux enfants, ce serait encore plus dramatique et, même si les auteurs étaient conduits en prison au final, les victimes ne seraient plus là pour en être satisfaits. D'où l'urgence. Voire l'aveuglement…

Plus que la défense, il fallait choisir l'attaque. Ce qui n'était pas pour déplaire à Marina. Depuis quelque temps, sa vie était un peu plan-plan. Épouse et mère, c'était un rôle formidable. Elle n'en disconviendrait pas mais cela manquait parfois un peu de sel. Elle allait donc pimenter tout ça et, si elle se motivait ainsi, c'était pour être très affûtée le moment venu. Il ne faudrait pas trembler, pas pleurer, pas céder. Regard clair et main ferme. Agir.

Elle enroula le fusil dans un morceau de couverture berbère ramenée d'Algérie puis elle plaça l'automatique dans un petit sac pour les courses offert par une pharmacie. Il ne s'agissait pas non plus de sortir dans la rue à la Steve McQueen et de sortir le calibre 12 ! Rosporden, Texas !

Elle ne redescendit pas sur le chemin longeant le premier étang. Cette fois, elle passa par la ville. Méthode Rois Mages ! Il était tard. Elle ne rencontra personne et put rejoindre discrètement sa voiture. Ensuite elle prit la direction de Concarneau. Un quart d'heure plus tard, elle dépassait un à un les ronds-points afin de passer le pont du Moros et redescendre vers le port. Elle remonta et tourna rue Jules Ferry. Elle passa devant l'endroit où elle avait déposé l'homme parfumé à la fin de leur première rencontre. Elle pesta de ne pas avoir, ce jour-là, regardé sa voiture pour s'en souvenir. Probablement qu'elle n'espérait tout simplement pas le revoir. Son destin en avait décidé autrement.

Elle s'arrêta un peu plus loin. Les bornages indiquaient bien que l'homme était souvent présent dans ce secteur. Des appels tardifs et nocturnes resserraient le périmètre et confirmaient la présence de l'individu dans le quartier. Mais le bornage n'allait pas non plus jusqu'à indiquer le numéro de l'immeuble et l'étage ! Comme il l'avait prouvé, le truand ne brillait pas par son intelligence. Ne voyant pas en une femme un danger potentiel, il avait certainement estimé qu'il n'avait pas à prendre de précautions. Dans cet état d'esprit, il s'était fait déposer à trois ou quatre maisons de son logement. Pas davantage. Peut-être même était-il logé en face. Restait à trouver l'immeuble…

Marina se mit à inspecter les façades. Côté pair, deux immeubles semblaient inhabités et jouxtaient une friche où un hangar finissait de s'écrouler. En face, des maisons particulières se serraient pour se tenir chaud l'hiver.

Plus loin, il y avait une façade à trois niveaux au-dessus d'un rez-de-chaussée où les volets étaient clos. Au premier, une fenêtre était éclairée. À travers le rideau tiré, on apercevait un lustre donnant des éclats couleur grenat. Au-dessus, silence radio ! Au troisième, Une fenêtre située au-dessous du chaînage était éclairée. Il s'agissait d'une ampoule nue visible de l'extérieur puisqu'il n'y avait pas de rideau à la fenêtre.

Marina jugea que ce qu'elle voyait pouvait correspondre au profil de l'homme qu'elle recherchait. Il n'était que de passage. L'affaire terminée, il disparaîtrait. Il avait plutôt loué un logement spartiate, aménagé du strict minimum, utile pour y dormir quelques nuits sans se faire remarquer.

Marina revint vers sa voiture et s'assit au volant. La rue restait très calme. Pas de bruit. Pas de passage. Elle se sentait prête mais elle n'était pas certaine de tomber sur le bon lascar. Le mieux était d'emporter l'arme dans le sac, de frapper à la porte et de prétexter une erreur si elle ne se trouvait pas en face du bon interlocuteur. Seulement comment faire ? L'arme dans le sac, il faudrait pouvoir la sortir. Sinon, violence garantie. Deux baffes, un aller-retour et poum, finie la témérité ! Arme en main, le problème serait tout à coup très évident s'il y avait erreur sur la personne. Cris, frayeur, téléphone, police. Le grand jeu !

Alors, on fait quoi ?

Elle était là, elle était venue pour ça, elle allait agir. Elle n'allait pas reculer. Pas comme ça, pas maintenant. Et si elle s'en prenait une, elle espérait tout simplement qu'elle ne soit pas mortelle. À l'inverse, le parfumé pouvait mourir. Elle s'en foutait royalement. Bien remontée comme une horloge de parquet, elle respira un bon coup, vérifia que personne n'entrait dans la rue puis elle sortit de sa voiture sans claquer la portière. Elle traversa la chaussée en grandes enjambées, poussa la porte de l'immeuble et se retrouva brutalement dans le noir.

Pas question d'allumer. Même si c'était délivrer un brevet d'intelligence à une brute épaisse. Sous les portes anciennes, on remarque très bien le rai de lumière du palier. Cela lui suffirait. Elle monta les marches à pas de louve, passa devant le premier étage puis devant le second avant de parvenir au troisième en prenant son temps. Si le projet est vraiment de tuer, la précipitation est toujours mauvaise conseillère. Tirer c'est facile et c'est le lustre qui en perd. Pas question de rater la cible. L'autre jubilerait de plaider la légitime défense.

La rambarde était brinquebalante et le parquet en bois usé jusqu'à la corde. Elle remarqua la lumière sous la première porte à droite. Surpris, le locataire était certainement capable de tout. Les natures basiques n'aiment pas se trouver face à des choix multiples C'est trop compliqué.

Elle décida donc de s'annoncer. Elle esquissa un petit sourire. Il était tellement imbu de lui-même qu'il allait prendre sa visite pour un rendez-vous galant. S'agissait juste de régler l'image pour ne pas trop le décevoir.

De l'index plié, elle frappa doucement à la porte.

— C'est qui ?

Exactement lui-même, elle en aurait parié.

— Marina.

Elle venait de prendre une petite voix comme pour une invitation au voyage. L'autre ne pouvait pas rester insensible. Elle entendit le bruit d'un sommier malmené puis la porte s'ouvrit. Même sourire béat.

— Marina ? C'est super de me rendre visite à cette heure-là !

Même pas un mot pour s'étonner de sa présence.

— Tu m'invites ? demanda-t-elle avec une voix suave.

— Mais bien sûr ! Entre.

Elle s'avança dans la pièce. Matelas sur sommier à gauche de la fenêtre. Cabinet de toilette à droite. Petite table, chaise. Valises ouvertes contre la cloison. Moins bien que dans certaines prisons mais le parfum en plus. Et lui en tee-shirt et jean. Pieds nus. Facile à tuer.

— C'est pas folichon hein ? dit le locataire. Si tu es déçue, je comprends. C'est juste pour quelques jours. Je suis de passage. C'est à toi de bouger pour que je dégage d'ici pour retrouver mon palace à moi !

— Justement !

Elle serra son sac devant elle. Il s'emballa aussitôt.

— Tu as les cailloux dans ton sac ? Tu viens me les livrer ?

— Non, je ne les ai pas apportés mais je suis d'accord pour les restituer.

Il brassa de l'air.

— Mais en voilà une idée qu'elle est bonne ! Tout le monde va être content et je vais pouvoir rentrer à la maison. Tu es une bonne fille. C'est comme ça que tu devais réagir. Tu verras, ça va aller !

— Et mon mari ?

Le parfumé hésita.

— Ben pour lui, faudra voir. Moi, je ne m'occupe pas de ça. Chacun son job. Tu piges ?

— Je croyais que tu étais le patron !

Déception en face de se prendre un flèche, on peut le comprendre.

— Je suis …associé !

— Il faudra l'innocenter, mon mari. Pour que le cauchemar finisse enfin !

L'autre se montra rassurant.

— Ce sera fait t'inquiète ! Je te l'ai dit déjà. Je n'ai qu'une parole !

Marina en doutait fortement.

— Mais quand ? insista-t-elle.

Il leva les bras au ciel.

— Chais pas moi ! Chaque chose en son temps, hein ? Faut les cailloux d'abord ! Ensuite, on voit.

Il sourit béatement.

— De toute façon, tu n'as pas vraiment le choix ! Si tu t'obstines, ça va être la cata. Tu n'as pas idée.

Marina en convint. Pour une fois qu'il disait la vérité. L'automatique était là dans le petit sac. Chargé, prêt à l'emploi. Suffisait de le ramener en pleine lumière et d'appuyer sur la détente. Elle avait bien répété le mouvement avant de venir et pensé à sa fuite éperdue. Elle avait vraiment envie de lui en coller une entre les deux yeux. À deux mètres, elle ne le raterait pas. Tant pis pour la tapisserie. De toute façon, elle était à refaire alors… Elle fourragea dans son sac et en sortit… un mouchoir.

— Il fait chaud ici ! dit-elle en se tamponnant le cou.

— Je chauffe à fond…

Il rit.

— …des fois que j'aurais une belle visite comme toi !

— On a d'abord une affaire à régler.

Il se redressa fier comme un paon. Il croyait bêtement à une ouverture.

— Parce qu'après ? demanda-t-il d'une voix sifflante.

Elle le trouvait de plus en plus dégoulinant, odieux, abject. Elle aurait voulu en finir avec lui. Peut-être même en le regardant souffrir, allongé sur le parquet pourri au risque de se faire prendre. Il méritait ça en retour de tout ce qu'elle avait déjà enduré. Il ne perdait rien pour attendre.

— On verra, répondit-elle en restant évasive.

Il fallait absolument garder le contact. Donc jouer profil bas et laisser croire. Elle jouait gros mais le moment venu…

— C'est ça, je verrai, moi !

Il se croyait tellement fort. Il continua :

— Alors les diam's, tu nous les files quand et comment ? D'ailleurs, tu pouvais les apporter là ! Pourquoi que tu les as pas dans ton sac ?

— Ils sont mon bouclier. Je reste vivante tant que je les ai !

— Mais ça va s'arranger, je t'ai dit !

Elle crut voir une larve visqueuse. Elle décida de passer au tutoiement pour avoir davantage d'aplomb sur lui.

— Je suppose que tu vas en référer, non ? Tu n'es qu'un employé en somme !

Qu'elle le rabaisse ainsi était dangereux mais ça lui faisait du bien de voir sa mine se défaire un peu.

Il ricana :

— Oui, il faut que transmette…

— Voilà ce que je propose pour que ça se passe du mieux possible.

— Vas-y ! C'est quoi ton plan ?

— Il y a un TGV en provenance de Paris qui passera à Rosporden un peu après vingt-deux heures trente demain soir.

— Oh oh ! C'est quoi c't'embrouille ?

— Suis un peu, je ne vais pas me répéter. Il est tard. Le rendez-vous est fixé au-dessus du pont où se fait la jonction entre les deux étangs. On se tiendra de chaque côté de la voie sur le ballast. Toi et moi. Personne d'autre. Je serai au sud, côté Rosporden. Tu seras au nord, côté Tourc'h. Tu attendras. Dans la nuit, le souffle du train, ça s'entend. Je monterai de mon côté. Quand le train arrivera dans la ligne droite et avant qu'il ne passe, je placerai le paquet entre les rails et entre deux traverses. J'aurai juste le temps de quitter les lieux. Quand le train sera passé, tu prendras le colis et ce sera terminé.

— Pourquoi ce micmac ?

— Il y a quelques jours, sur les bords d'un canal en Normandie, l'un de vos copains, ou toi-même peut-être, a abattu l'un des vôtres en lui tirant dans le dos. Je n'ai pas envie que ça m'arrive quand j'aurais remis ce que je détiens. Donc je ne veux voir personne sur le ballast avant que le train ne soit passé. Pareil de mon côté. Inutile de venir farfouiller sous le pont non plus. Sinon je repars avec le sac. J'aurai des guetteurs. Si quelqu'un me poursuit, je jette tout dans l'étang. Il vous faudra une épuisette et beaucoup de chance pour les retrouver !

— Tu le feras pas !

— Essaie donc pour voir ! Si ça se passe mal, tes commanditaires, te le feront payer !

Le voyou soupira. Il avait finalement affaire à forte partie.

— La balle est de votre côté, reprit Marina. C'est à vous de savoir ce que vous voulez.

— Et si ça foire ?

— On recommence automatiquement le lendemain. Même endroit, même heure. Des trains, ce n'est pas ce qui manque !

— Eh ben, si je m'attendais ! dit le macho devenu tout à coup moins fier.

Marina comprit qu'elle avait gagné le round. Pas le combat.

— Tu ne me raccompagnes pas. Tu restes dans ta piaule. Si tu me suis, je te fume !

C'est là qu'elle osa sortir son arme de son sac. De quoi figer l'ambiance pour le moment et pour la suite. Rien qu'à voir les yeux ronds du voyou à la petite semaine.

Elle repassa par Concarneau et elle s'arrêta devant la Ville close. Il y avait un bar ouvert. Elle s'y rendit à pied. Elle prit une place au comptoir puis se ravisa. Elle n'avait pas envie de laisser croire des choses et peut-être de se faire accoster. À une heure tardive, parfois, dans tous les bars du monde…

Elle passa en salle et s'installa derrière une grande vitre. Elle regarda le port. Il y avait des lumières, quelques voitures qui passaient lentement. Un piéton aussi, qui sembla s'attarder devant son véhicule avant d'enfoncer ses mains dans ses poches et de pousser plus loin vers la nuit.

Elle commanda un thé vert, demanda si elle pouvait avoir une cuillerée de miel à la place du sucre. Elle s'entendit dire qu'il n'y avait pas de problème.

Soudainement, elle eut envie de hurler de rire et de se laisser aller pour extirper cette forte tension qui ne la quittait pas depuis le matin. Même courir sur le sable et se jeter dans les vagues. Aimer… Vivre…

« Pas de problème ! »

Comme ça faisait du bien d'entendre ça, juste pour une fois, à la fin de cette foutue journée !

XIV

— Bonjour Lorraine, ça va ?

Lando venait de saisir le téléphone posé sur la table du salon où il s'était réfugié depuis un petit quart d'heure à cause de l'averse qui grossissait.

— Ben oui ça va. Et toi ?

— J'attends des nouvelles pour remplir mon planning. Les jours vont raccourcir, la température baisser et le temps se couvrir. En fait, il pleut.

— Pourtant on m'a dit que tu étais bien occupé en ce moment…

— Occupé ? Comment ça ?

— Tu as reçu de la visite dernièrement, non ?

— Euh…

— On m'a dit qu'elle était plutôt jolie.

— Ah, tu veux parler de Marina ?

— Ben tu vois…

— C'est qui qui ?

— De ton côté, tu as Ange et Jim qui font le boulot de terrain pour te rendre service…

— Avec la bénédiction de leur hiérarchie !

— Forcément puisque les directeurs sont aussi des potes à toi !

— Les infos circulent de ton côté…

— Chacun son réseau, mon p'tit père !

— À consommer avec modération !

— Alors c'est quoi ?

— Elle est simplement venue me demander de l'aider.

— Et le Lando au grand cœur s'est précipité !

— Son mari a été arrêté par des collègues au petit matin et elle ne sait toujours pas pourquoi.

— Et donc tu t'es proposé pour trouver l'explication et la lui porter sur un plateau. Ben voyons…

Landowski ignora les allusions.

— Je suis en train pas à pas de remonter le fil de son affaire.

— Et au bout, il y a elle !

— Dis Lorraine, ne te lance pas sur des idées à la con, hein ! Je fais mon boulot. Rien d'autre.

— Sauf que tu n'es pas chargé de l'affaire, il me semble !

— Ni plus ni moins que dans l'histoire de ton peintre-photographe, il y a quelques mois.*

— Ce n'était pas « mon » !

— Une vieille connaissance tout de même…

— J'étais jeune et étudiante. L'époque était bien différente…

Lando tenta d'en rester là.

---

*Voir *La belle endormie de Port-Manec*h, même auteur, même éditions.

— Le problème de Marina est intéressant à décortiquer.

— Je pense bien !

— Arrête !

— OK c'est bon ! Je viens la semaine prochaine. Ce sera samedi matin. Ne te dérange pas, je prendrai un taxi. D'ici là, tu auras peut-être résolu ton petit problème du moment. Ce serait bien. J'ai envie d'aller aux îles !

— Faudra en profiter parce que je vais avoir deux conférences la semaine suivante plus un rendez-vous à Levallois.

— Tu en as été informé ?

— Pour les conférences, c'est inscrit au planning des écoles. Je vais recevoir l'ordre de mission l'avant-veille comme d'hab.

— Et ton rendez-vous au siège ?

— Il est envisagé. Ange me l'a dit. Mais ça peut encore changer. Et pour toi, c'est quoi le programme ?

— Tu sais que le Président m'a chargée d'organiser le transfert et l'installation des juridictions à Clichy dans le nouveau Palais de Justice. Je fais des propositions. On voit si ça marche concrètement parce que c'est un paquebot de verre, le nouvel immeuble. Pas question de bouffer les journées à se balader dans les couloirs. Donc ça se réfléchit et ça se décide !

— Je préfère que ce soit toi que moi.

— Il y a eu une visite du chantier lundi après-midi. Au ministère, on a pensé que c'était intéressant de montrer tout ça aux magistrats. Ils sont quelques-uns à être un peu frileux de venir bosser à Paris. Pour l'avancement, on attend un peu plus qu'en province. Il y a trop de prétendants. Enfin, c'est ce qui se dit. Ou bien, c'est trop grand, trop haut, trop loin. Les réticences habituelles et totalement inutiles parce qu'au final, la décision se prend ailleurs !

— C'est chiant non ?

— Pas le choix pour moi non plus ! J'en suis à chaque fois de ces visites guidées et j'ai le droit de faire mon petit *speech* avant d'inviter ces dames et ces messieurs de la magistrature à prendre un café accompagné de viennoiseries assez grasses pour te beurrer les doigts pour la matinée.

— Et alors ?

— Eh bien le juge chargé de l'affaire de ta protégée était là !

— Malbecques ?

— En personne ! Il a tiré des bords et puis il a fini par se planter devant moi. Chemise blanche trop grande mais joli costume !

— Tu le connais ?

— On s'est croisés une fois ou deux.

— Et qu'est-ce qu'il voulait ?

— Tu sais, il est un peu particulier, comme mec. Il se tord les mains quand il te parle, il regarde ailleurs, il a des silences pesants. Bref, il a fini par me dire que ce serait vraiment gênant si tu continuais à piétiner ses plates-bandes.

— Ben alors, tu étais au courant !

— Oui mais pas par toi !

— Pas eu l'temps !

— J'ai fait comme si j'étais vaguement au courant. De toute façon Malbecques suit sa rhétorique et veille jalousement sur son pré carré. Ce qui l'a chagriné tu vois, c'est l'intervention musclée de tes deux copains sur les bords du canal !

— Tu te souviens ! On était bien tous les deux ce jour-là…

Lorraine comprit que Lando faisait allusion à un certain déjeuner.

Il n'avait pas oublié. Elle laissa passer quelques secondes.

— Oui, on était bien ! dit-elle enfin sur un autre ton.

Ô temps, suspends ton vol…

— Donc Malbecques n'a pas apprécié que Jim et Ange partent à la pêche, c'est ça ? reprit le commissaire.

— Qu'ils laissent deux cadavres derrière eux surtout !

— Le premier a été trucidé par le deuxième, luimême fumé par un inconnu. Vérification balistique à l'appui. Je ne vois pas…

— Sauf qu'ils ont déclenché…

Landowski s'anima.

— …mais rien du tout ! L'agent de sécurité était déjà sous la torture quand les collègues se sont pointés. C'était fini pour lui de toute façon. Le bourreau avait dépassé les bornes. Il ne pouvait pas le laisser tranquille pour qu'il bave sur lui juste après. Il devait être monté aux ordres avant de venir. Même si le milieu a changé, il y a des classiques dans la bibli !

— Malbecques se défausse un peu, tu vois !

— Et comment ! Léopold c'était le témoin principal du casse. Le juge aurait dû le placer sous protection policière. Au moins sous surveillance. Comme ça, ils auraient pu coincer le deuxième homme à son arrivée et en faire du grain à moudre.

— Et toi, tu t'intéressais à ce Léopold ?

— Il savait mieux que personne ce qui s'était réellement passé. À l'audience, il pouvait sauver la mise du cadre de la SAIL, la société où le casse a eu lieu.

— Il n'est pas près de sortir, celui-là ! Faudra qu'il crache le morceau avant toute chose !

— C'est le juge qui te l'a dit ?

— Il a même secoué la tête comme pour compter les années qu'il allait prendre. Des bijoux ont été volés, c'est ça ?

— Des diamants parait-il.

— Malbecques se demande s'il n'y avait pas un trafic que le vol aurait dérangé.

— Une filière tu veux dire ?

— Oui et il est persuadé que le gars qui se morfond en détention en sait davantage mais qu'il a reçu ordre de la fermer. Contre quoi ? Il ne voit pas trop pour l'instant.

— Il le soupçonne ?

— Il va déjà plus loin. Il pense même qu'il en est le principal acteur.

— …

— Tu ne dis plus rien ?

— Je ne voyais pas ça comme ça !

— C'est la différence entre le policier et le juge. Vous, vous enfoncez des portes ouvertes sur le terrain. Nous, on réfléchit. On échafaude. On suppute ! Les jambes et la tête !

— C'est quand même l'enquêteur qui met les éléments au dossier.

— L'intime conviction est réservée au magistrat.

Landowski soupira.

— Je ne dis rien de plus, Lorraine. On ne va pas être d'accord, je le sens !

— Et qu'est-ce que tu vas faire alors ?

— Il est urgent d'attendre. En province quand on approche de l'hiver, c'est plutôt blanquette et pot-au-feu. Pour l'instant, ça mijote. Si les brillants sont dans le coin, on finira bien par le savoir. On séparera le bon grain de l'ivraie !

— Est-ce que tu sais que ta protégée avait pris deux jours de congé au moment du casse ?

Landowski accusa le coup mais n'en laissa rien paraître.

— Je n'ai pas accès au dossier.

— Ange aurait pu trouver ça pour toi.

— C'était quand exactement ?

— La veille et le jour du casse. C'est la sœur qui s'est occupée du petit garçon. Il a même dormi chez elle.

— C'est Malbecques qui t'a dit tout ça ?

— Il se l'est dit à lui-même mais je l'ai écouté !

— Et conclusion ?

— Pour lui, ils y étaient tous les deux sur le casse. Mari et femme ! Joli couple non, tu ne trouves pas ?

Lorraine taclait gentiment.

— Ils ont trouvé trace de deux locataires dans la chambre d'hôtel ? demanda Landowski.

— Trop tard pour le drap de dessous, les gobelets ou je ne sais quoi d'autre. Sinon seul, le mari était déclaré sur la réservation. Il est arrivé et parti seul selon les réceptionnistes, celle du soir et celle du matin, mais ça ne veut rien dire. Dans ces immeubles à dormir, y a du mouvement et on ne fait pas forcément attention aux gens que l'on rencontre.

— Donc Malbecques n'a que des suppositions à avancer.

— Ce qui fait, qu'il met la pression sur le mari pour que l'épouse finisse par craquer. Que tu la soutiennes policièrement et moralement ne le satisfait pas du tout.

— En fait, il t'a dit de me passer le message !

— Il est plus subtil. Il a juste pensé à haute voix et…

— Quoi d'autre ?

— Il se demande s'il ne va pas demander des comptes à Jim et Ange au sujet de l'épisode du canal. Officiellement.

— Là c'est sur moi qu'il veut mettre la pression.

— Et qu'est-ce que tu en penses alors ?

— Qu'il ne devrait pas, Lorraine. Non, non !

XV

Marina avait enfin reçu un courrier de Jean.

Il s'agissait plutôt d'une simple feuille de papier quadrillée, probablement arrachée d'un simple cahier. Mais de ça, elle n'en avait rien à faire. Au fond de son être, elle avait ressenti quelque chose de très fort, comme si, à distance, son mari…

Elle l'aimait. Elle avait le désir fort et fou de le retrouver. Elle renverserait des montagnes et comblerait des vallées pour qu'il lui revienne.

Mais cette émotion naturelle estompée, elle était revenue à la réalité des choses. Du quotidien qui ne génère ni envolée lyrique ni plaisir ultime.

Pour être franche et elle voulait l'être toujours avec elle-même, la lettre ne correspondait pas vraiment à ce qu'elle s'attendait à lire. Oui il y avait des mots mais ils n'étaient pas suffisants pour la rassurer. Ce qui l'avait bouleversée, c'était la brièveté de la missive tout comme le contenu. Comme si quelqu'un avait tenu la main de Jean pour qu'il rédige ces quelques mots.

Le texte disait :

« *Ma chérie,*

Je vais bien. Ne t'inquiète pas. Je suis bien traité. Je vais rentrer bientôt. Embrasse Jamie. Je t'embrasse. »

C'était signé : « *ton Jean.* »

Bien sûr, c'était mieux que rien. C'était un premier contact après des jours et des jours de silence mortel mais ces mots trop simples lui faisaient mal. Comme s'il était déjà parti. S'il n'en disait pas davantage, c'était qu'il n'en avait pas eu le droit ou qu'il avait préféré faire simple pour ne pas risquer de trop en dire, ce qu'on lui aurait reproché, ou que la lettre finisse chez le juge. Qu'on lui en fasse payer les termes.

Oui, elle en était là dans le doute et l'incertitude parce qu'elle ne reconnaissait pas sa force, son allant, même s'il tentait de rassurer.

En fait, aucune explication ne la satisfaisait. Ce qu'elle comprenait plutôt, c'était qu'elle n'avait plus affaire à l'homme libre qui l'avait si souvent serrée dans ses bras, qui l'avait fait rire, qui lui avait fait un enfant et qui la rassurait quand elle avait le blues.

Quelque part, dans une cellule exiguë derrière des murs gris, on était en train de le casser pour qu'il finisse par avouer des fautes qu'il n'avait pas commises. Qu'on allait en faire un autre homme que peut-être elle-même ne reconnaîtrait pas si d'aventure il parvenait à recouvrer sa liberté.

S'il n'y arrivait pas, elle l'y aiderait et ferait ce qu'il faut.

Sa force, Marina la trouvait dans sa détermination à agir et à réussir contre tous ceux qui avaient parié bêtement sur leur défaite.

La lettre était là sur la table du salon, posée ouverte sous un set de table pour qu'elle puisse en toucher des doigts l'écriture comme un malvoyant lisant en braille. Et masquée pour que Jamie n'en soit pas perturbé. Bien sûr, elle lui avait dit que son papa l'embrassait et qu'il reviendrait bientôt mais elle avait craint qu'il se mette à pleurer sans pouvoir s'arrêter et qu'elle ne soit plus en capacité d'aller au bout de son projet.

Là, dans moins d'une heure, la messe serait dite.

À quelques centaines de mètres, à travers les arbres bordant la rive, elle apercevait la surface faussement métallique de l'étang. Elle avait choisi de se placer en amont du point de rendez-vous. Ainsi devait-elle traverser le secteur de l'adversaire pour se rendre à son poste et c'était aussi bien pour prendre la température. En face, ils avaient peut-être l'habitude. Elle découvrait un autre monde.

Et puis si elle constatait des mouvements anormaux, elle saurait en tirer profit. Surtout pour se sauver la mise. Ce n'était pas parce qu'elle était armée comme une pro que ça changeait véritablement sa nature. Sauf, qu'en face, on n'avait pas idée de sa détermination.

Ce choix de localisation était motivé aussi par la proximité de la route menant à Tourc'h et Coray. En cas de danger imminent, elle pouvait filer en vitesse vers la campagne ou se planquer chez sa mère. Les munitions ne manquaient pas dans l'armoire métallique et si on voulait s'amuser, elle en ferait un Fort Chabrol. De quoi faire de Rosporden une nouvelle destination pour les tour-opérateurs.

De l'autre côté, il y avait la ville à traverser et, donc, toutes les chances de se faire coincer. Là, elle pensait aussi à la police et au plan de circulation un peu compliqué comme dans toutes les cités dites modernes.

Elle avait placé sa voiture entre deux autres véhicules sur le parking d'un petit immeuble très tranquille. Pour avoir repéré les mouvements les jours précédents, elle avait pu constater qu'elle pouvait ainsi se faire passer pour un locataire. Elle imaginait bien que les autres pourraient tenter de lui couper la route de repli en fonction de la suite des événements. Pas question d'abandonner Jamie qui dormait comme un bienheureux.

Elle avait déposé sa voiture dans un garage prétextant un problème de freins. Le mécanicien qui courait parfois avec Jean n'avait fait aucune difficulté pour lui prêter une autre voiture qui ne portait pas le logo du garage. Il n'avait pas posé de question et il ne dirait rien. Il l'avait juste regardée avec plus d'intensité que d'habitude comme s'il avait décelé quelque chose de particulier dans son attitude. Son statut de femme de détenu n'arrangeait certainement rien. Elle avait essayé de rire pour rassurer le garagiste qui la regardait partir.

À l'arrière du véhicule de courtoisie, entre les deux sièges, elle avait placé le fusil de chasse à canons sciés chargé de deux cartouches à sanglier. Si elle devait s'en servir, ce ne serait pas dans le but de provoquer de légères blessures. Elle n'en était plus aux préliminaires. Sur le siège passager, elle avait déposé l'automatique et un chargeur supplémentaire. Elle avait enfilé une combinaison en tissu noir mat, ramassé ses cheveux clairs sous un foulard bleu marine noué et noirci ses joues qui risquaient d'être visibles dans la pénombre. À côté du pistolet, elle avait posé un sachet en plastique noir qu'on lui avait offert dans une parfumerie pour emporter ses achats. À l'intérieur, elle avait placé une trousse blanche dans laquelle se trouvaient les sachets qui avaient déjà fait deux victimes, mis son mari en prison et bouleversé la vie de toute sa famille. Une fois sur place, elle ôterait la première enveloppe pour que la petite sacoche soit plus visible à retrouver dans le noir, la placerait au milieu de la voie et s'en irait avant que le train n'arrive. Ensuite elle verrait.

Ainsi elle était prête.

Décidée, forte, sans état d'âme.

Elle sortit de la voiture en prenant d'infinies précautions. Elle ne pouvait préjuger des intentions de la partie adverse. Celle-ci pouvait modifier le processus prédéfini en lui sautant tout simplement dessus avant qu'elle ne puisse atteindre l'endroit de la livraison et récupérer le colis. Et tout serait dit en un instant.

Elle s'accroupit entre les deux voitures, l'arme dans une main et le sachet dans l'autre. Le vent jouait avec les feuilles sur l'esplanade. Elle entendait les petits raclements des feuilles sèches sur le macadam. Rien de bien joyeux en fait de sortie. Elle décida de passer par le tunnel routier au lieu de se rapprocher de la rive. Elle n'avait pas envie de faire de mauvaises rencontres l'obligeant à faire usage de son arme avant que les hostilités ne soient déclenchées. Une fois de l'autre côté, elle longea la butte supportant la voie et elle descendit vers l'étang. Là elle patienta. Elle était en avance. Elle avait bien reconnu les lieux auparavant. Il ne servait à rien d'être en place trop tôt vu que l'opération devait se dérouler en un temps record pour qu'elle s'en tire sans mal. Ensuite, elle filerait en vitesse et retrouverait Jamie qui dormait tout à l'heure à poings fermés.

Elle entendit un bruit sourd, probablement celui d'une planche de la passerelle passant sous le pont. De l'autre côté, on se mettait en place. Du coup, elle s'engagea elle aussi, passa sur le chemin de promenade puis elle se faufila dans un espace laissé libre par le grillage vert arborant une plaque d'interdiction posée par la SNCF et copieusement taguée.

Une fois arrivée au bord de la voie, elle repéra la légère cavité qu'elle avait aménagée quelques jours plus tôt pour y déposer le paquet si convoité.

Et c'est à ce moment précis qu'elle bouleversa son programme.

Elle s'accroupit, sortit la petite sacoche claire du sac noir, déposa aussitôt le paquet dans le petit logement qu'elle avait préparé et elle dégagea la voie. Elle reprit pied sur le chemin de servitude et elle marcha dans la direction opposée à Rosporden en faisant le minimum de bruit. Sur le plan, elle aurait dû être encore au bord de la voie mais en face à attendre de voir les phares du train au bout de la ligne droite. Trop facile pour en finir avec elle.

Elle avait bien repéré les lieux auparavant. Comme elle habitait à proximité, c'était assez facile d'inspecter, d'échafauder, de venir vérifier et de caler parfaitement son action. Ce qu'elle avait fait. Revue et corrigée sur place !

Elle fit une trentaine de mètres puis elle enjamba les rails discrètement et se retrouva de l'autre côté de la voie. Là elle descendit de la butte et se trouva du côté du deuxième étang. À pas de loup, elle avança. Devant elle, à quelques mètres, il y avait deux silhouettes immobiles et silencieuses qui semblaient attendre. Le comité d'accueil était pile au rendez-vous. Donc pas de changement de ce côté-là.

Puis comme tout arrive, tout alla très vite.

Le train s'annonça dans la ligne droite dans un

souffle puissant. Les deux silhouettes se mirent à gravir la butte. Marina ne bougea pas. Il y en aurait deux au lieu d'un. Tant pis.

Le train était déjà là. Un cri déchirant, un choc sourd sur le métal de la locomotive, un bruit strident de freinage, une silhouette s'enfuyant sous le pont. Puis plus rien le temps de quelques secondes comme si le temps avait décidé de faire une pause.

Marina se dépêcha de quitter les lieux. Elle rebroussa chemin et elle traversa la voie plus loin. Le train était arrêté. Elle voyait les feux rouges en fin de convoi. Elle mit volontairement de la distance, fit le grand tour et rentra chez elle. Tranquillement.

Là-bas à l'avant du train, on s'affairait. Il y avait de quoi puisqu'un désespéré s'était éclaté sur l'avant de la motrice décorant de brins de cervelle le pare-brise du TGV.

Il y en avait de ces dégoûtés de la vie qui choisissaient ce mode de suicide et ce n'était pas nouveau malgré toutes les protections mises en place par la SNCF. Seulement il ne semblait pas avoir choisi tout seul ce mode définitif pour quitter ce monde. On l'avait poussé et le conducteur en attestait.

Du coup, le gradé de permanence à la gendarmerie venait de composer le numéro du commissaire. Celui-ci avait expressément dit qu'il devait être informé illico des faits importants qui pouvaient survenir sur le secteur de Rosporden, l'affaire en cours étant susceptible d'en provoquer sans prévenir.

— Allô, Landowski.

Il venait juste de s'assoupir devant une série policière où les invraisemblances et les erreurs de procédure venaient de lui donner envie de dormir. Quand on est spécialiste de quelque chose, on a beaucoup de mal à laisser les autres en parler si mal.

— Un crime vous dites ? Vous en êtes déjà certain ?

— …

— On l'a poussé sous le train ? Le conducteur l'affirme ?

— …

— Une voiture immatriculée 14 ? Vous m'intéressez. J'arrive !

En s'enfonçant dans le canapé, ses habits avaient suivi le mouvement et il ne paraissait pas très frais à vrai dire. Il s'ébroua comme un chien qui vient de sortir de l'eau, passa dans la salle de bains pour se redonner un coup de peigne et se passer le visage à l'eau fraîche puis vérifia qu'il allait bien sortir couvert. L'arme était en place, le magasin approvisionné. Impec !

En roulant en direction de Rosporden, il ne put s'empêcher de penser à Marina. Il ne pouvait pas croire qu'elle soit venue le voir uniquement pour lui demander de l'aide. Depuis elle semblait avoir procédé elle-même à quelques investigations. Voire à quelques bêtises… Entre les deux sièges de sa voiture garée devant la Ville close, il avait cru voir émerger la crosse d'un fusil. Était-ce uniquement en cas d'agression ? Il en doutait quand même un peu.

Il était persuadé qu'elle jouait un double jeu. Marina du jour, beauté tragique d'une épouse courageuse. Marina de la nuit, vengeresse impitoyable.

Il aurait pu mettre les pieds dans le plat depuis quelques jours déjà mais il avait laissé la ligne filer dans le courant. Pour prendre du poisson malin, il faut le laisser croire qu'il peut gober sans le moindre risque.

Après cette réflexion qui ne le lassait jamais, il arriva sur la place de la Victoire. On aurait dit une fête de Noël tant l'éclairage était outrancier. La SNCF avait bien fait les choses et le train était visible comme en plein jour.

Les suites de l'accident survenu depuis plus d'une heure touchaient déjà à leur fin. Les constatations, simples finalement, avaient été rapidement réalisées par une équipe venue de Quimper. La verrière et le nez de la locomotive avaient été nettoyés. On finissait de dégager la voie des restes humains et les voyageurs confinés dans leurs wagons depuis l'arrêt imprévu du convoi allaient être satisfaits de repartir vers Quimper pour mettre un terme à leur voyage. Malheureusement les accidents de ce type n'étaient pas exceptionnels et le résultat était toujours le même.

Landowski demanda à voir l'endroit de l'impact. Un gradé le conduisit juste au-dessus du petit pont. La zone était encore bien éclairée. Juste à la fin du parapet, il constata l'espace qui avait pu servir à l'entrée de la victime.

— Il est passé par là ? demanda le commissaire.

— Probablement non. Par-là plutôt.

Il indiqua un passage en déclivité où des mottes de terre avaient dévalé jusqu'au sentier.

— Et la voiture ?

— Elle est sous les arbres. Les collègues sont en train de faire les constatations.

— Ils l'ont trouvée ouverte ?

— Affirmatif, Commissaire. Fenêtre conducteur abaissée. Le cendrier est plein. Le conducteur a attendu.

Landowski s'accroupit. Entre deux traverses, il y avait une fine traînée plus claire. En y regardant de plus près, il remarqua des graviers plus fins que ceux du ballast et plus propres aussi.

— On a retrouvé ses papiers ? demanda-t-il en se relevant.

— Oui dans la boîte à gants. Une arme de poing aussi. Récente.

— Dans le coffre ?

— Une valise avec des effets personnels, propres et sales. Une trousse de toilette. Des flacons de parfum. Le tout bien rangé.

Landowski plissa les yeux pour réfléchir. L'homme

était sur le départ. Il avait ramassé ses affaires, quitté son hôtel ou son logement puis il était venu dans cet endroit. Pour se jeter sous le train ? Fallait être diablement désespéré ! Mais quelqu'un qui n'en a plus rien à faire de la vie ne ramasse pas ses affaires en pliant soigneusement les vêtements qu'il n'a pas portés. Et puis si on est aussi pressé d'en finir, on se jette par la fenêtre, ou dans l'étendue d'eau la plus proche ou on se tire une balle dans la tête. Tout est bon. Seul le résultat compte.

En affirmant que l'homme avait été poussé, le conducteur n'avait donc pas rêvé.

— Merci, dit Landowski. Vous pouvez me laisser.

Le gendarme rectifia la position et salua d'un coup de raquette avant de tourner les talons. Le commissaire leva le nez vers l'étang. Au loin, il y avait les lumières de la ville. Un endroit calme où le feu couvait sous la cendre.

Il enfonça les mains dans les poches puis il resta deux ou trois minutes à attendre. Comme si la suite était inévitable.

XVI

— Commissaire ?

Landowski émergeait difficilement.

En revenant de Rosporden après l'accident, il avait passé plus d'une heure à griffonner sur le paperboard qu'il avait installé dans la chambre du fond. D'un côté, il avait inscrit le nom de toutes les personnes concernées de près et de loin par cette affaire. De l'autre, il avait répertorié les faits. Enfin il avait tracé des lignes rouges partant de la gauche pour aller vers la droite et vice-versa.

— Oui, répondit-il d'une voix grave.

— Gendarmerie de Rosporden. Je vous informe que le petit Jamie a été enlevé ce matin sur la route de l'école.

De quoi faire bondir le divisionnaire.

— Qu'est-ce qu'on sait ?

— Une voiture noire arrêtée à l'intersection d'une rue.

— C'est tout ?

— Presque. Il n'y a pas eu de témoin direct de la scène. Quelqu'un a juste vu la voiture démarrer et le bonnet basculer dans le caniveau.

— Le gamin était seul pour se rendre à l'école ?

— Comme tous les matins, son meilleur copain l'attendait à l'autre extrémité de la rue. Il a hurlé mais c'était déjà trop tard.

— Sa mère ?

— Effondrée forcément. Sa sœur est avec elle. Elle ne quitte pas son domicile au cas où les ravisseurs la contacteraient.

— C'est elle qui vous a demandé de me prévenir ?

— Non. Vous étiez passé l'autre jour à propos du mari et père. Vous étiez aussi sur zone cette nuit. Normal de vous informer.

— Oui bien sûr !

— Le patron a pensé que…

— Vous avez bien fait. Merci.

Il mit fin à la conversation. L'enquête allait suivre son cours. Pour en savoir davantage, il faudrait passer par la hiérarchie. Il appela donc Ange aussitôt.

— Salut Lando ! Doit y avoir quelque chose de cassé ! Ne me dit pas qu'on doit aller en finir un autre sur les bords du canal. On est assez emm… comme ça !

— Désolé, mais vous êtes dans le coup maintenant, Jim et toi. Va falloir résoudre le rébus pour retrouver une virginité.

— Malbecques nous cherche des crosses !

— Je sais. En même temps, il n'a pas grand-chose à se mettre sous la dent. Il a un suspect qu'il ne peut que soupçonner puisqu'il ne dispose pas de preuves tangibles ni d'aveux circonstanciés. Avec ça, inutile de monter à la chambre d'accusation pour se faire renvoyer à ses chers dossiers ! Il a besoin d'un peu de concret le magistrat !

— Et donc tu envisages de lui fournir de la matière !

— Exact ! Il veut remonter en première page. Donnons-lui ce plaisir. Faut pas être égoïste non plus !

— Et cette fois-ci faut faire quoi ?

— Y'a du lourd ! Le fils du détenu…

— Et donc de Marina, ta protégée…

— Le gamin a été enlevé ce matin sur le chemin de l'école !

— Toujours cette histoire de diam's ?

— Tant qu'on ne les aura pas retrouvés…

— Est-ce qu'ils existent vraiment dans le fond ?

— Tu sais, c'est une famille de solides ! Le père connaît la réponse et il ne dira rien pour protéger sa famille et garder de quoi négocier.

— Voie sans issue !

— Donc faut créer une déviation ! En plus, y a un mec qui pourrait bien être de la bande et que le dernier TGV a éclaté comme un moustique téméraire hier soir !

— Ketchup ?

— Un bolide comme ça, même s'il ralentit à l'approche d'une gare, ça ne pardonne pas.

— Et il faisait quoi dehors à cette heure-là, ton kamikaze ?

— Cherchait p'têt des petits cailloux brillants tu vois ?

— Très bien ! Sauf qu'il s'est pris un paquet de métal ferroviaire dans le buffet !

— Comme si on l'avait invité à se mettre devant la loco !

— C'est du Buster Keaton ton histoire !

— Donc il faut expliciter ce geste au plus vite. Surtout avant que la chenille ne redémarre, si tu me suis.

— J'aime bien quand tu racontes, Lando !

— Tu vas chez Jim, tu tâches de l'extraire des bras de sa nouvelle dulcinée s'il est de repos, tu lui racontes une partie du film et vous rappliquez dare-dare !

— C'est chouette cette recrudescence de criminalité dans l'Ouest ! On voit du pays !

— Toi Ange, tu vas te rapprocher des gendarmes locaux et faire le lien. Ils sont sympas. On peut prétexter que selon certains éléments versés au dossier, la DGSI pourrait éventuellement être saisie. La PJ parisienne avec Jim, ce serait un peu plus tiré par les cheveux !

— Et le titi parisien, il va tricoter des napperons pendant ce temps-là ?

— Pas question de se dorer en automne ! Il va se faufiler dans les trous de souris et chercher les petits secrets cachés derrière le miroir. Au final, on se paie les vilains et on ficèle le tout pour faire un cadeau à Malbecques.

— Et ta charmante Marina ?

— Elle retrouve son fils, son mari. Sa famille quoi. Qu'est-ce que tu vas chercher ?

— Moi, rien ! J'aime bien te taquiner.

— Au lieu de jouer au concierge qui est toujours dans l'escalier, change de chemise et rejoins Jim sur le tarmac de Villacoublay. Vous avez juste le temps de prévenir chez vous. Je contacte le ministère.

— J'aimerais bien savoir ce que tu vas fournir comme motif cette fois-ci pour qu'on accepte ta demande si urgente !

— Alerte enlèvement, ça te va ?

Landowski coupa la conversation et jeta son téléphone sur une serviette de bain alors qu'il avait déjà tourné la manette du mitigeur. Comme un matin sur deux, il se prit le jet en pleine poire parce qu'il n'avait pas décroché à temps la douchette.

Il fit vite, aussi rapidement qu'un candidat à l'élection présidentielle en campagne. Le temps d'avaler un café bien trop chaud et d'en renverser une partie sur la nappe, il se retrouva au volant de sa voiture à rouler vers Rosporden.

En partant de Trévignon, la route n'est pas forcément très directe. Il est possible de choisir un itinéraire entre plusieurs mais il faut quand même le temps pour passer par Trégunc ou par Pont-Aven. Il préféra la seconde option, histoire de traverser Nizon où sa première enquête en terre bretonne l'avait mené.

À cette heure-là, il rencontra quelques cars scolaires et des mamans en retard. Le quotidien quoi ! Peu de circulation sinon, le gros des transhumants du matin passant par la voie express. Arrivé à Rosporden, il laissa sa voiture non loin de l'endroit où on avait, la veille, retrouvée vide celle de l'homme dispersé façon puzzle par le TGV.

Avant de sonner à la porte de la maison de Marina, il marqua un temps d'arrêt pour déployer son éventail de questions. Il devait jouer finement s'il voulait gagner la partie. L'épouse et mère montait facilement dans les tours. Et pas seulement pour contempler le coucher de soleil !

— Ah, Commissaire, je suis heureuse de vous voir ! dit-elle sur un ton qui se voulait accueillant.

Sauf, se dit-il, qu'elle ne l'avait pas fait prévenir…

— J'ai appris pour votre fils.

— Entrez !

Il remarqua qu'elle n'avait pas jeté un coup d'œil au-dehors comme si elle ne craignait rien. Ni personne.

Dans un des fauteuils du salon, se trouvait Rosie qui semblait mâcher quelque chose. Elle avait eu le temps de récupérer une friandise quelque part.

— Ma sœur. Commissaire Landowski.

Des présentations au minimum syndical.

— Je vous laisse, dit Rosie en s'extrayant péniblement du profond fauteuil.

Une fois seuls, Marina indiqua un siège au visiteur. Assis, Landowski attaqua aussitôt.

— Vous êtes venue me voir, il y a quelques jours. Vous demandiez mon aide. Est-ce que vous aviez réellement besoin de moi ?

La jeune femme ne s'attendait probablement pas à cette question ni à cette façon d'aborder le problème. Tout de même, un enfant venait d'être enlevé !

— J'étais sous le choc. Je me suis tournée vers vous…

— …et vous avez fait votre petit trafic de votre côté sans me tenir au courant.

Tapait fort le grand flic !

— Je me suis renseignée, répondit-elle évasivement. C'est tout !

— L'homme qui a été écrasé par le train hier soir, vous le connaissiez ?

— Euh…

Landowski fit mine de tirer l'échelle.

— Jouez franc jeu sinon je vous laisse continuer toute seule !

— Je l'avais déjà rencontré.

— Pour quelle raison ?

— Je pensais qu'il savait quelque chose sur l'affaire de Jean.

— Et qu'il pouvait vous aider ?

— M'aider ? Non !

— Quoi alors ?

— M'expliquer pourquoi ça nous arrivait à nous !

— Et il l'a fait ?

— Il savait pour le sac et les empreintes…

— Alors, il vous a menacée ?

— Oui. Il m'a dit qu'il s'en prendrait à ma mère, à ma sœur, à nos enfants si…

— Si quoi ?

— Si je ne rendais pas les diamants ! Il a mis la pression pour me forcer. Il a rendu visite à ma mère et à…

— Votre sœur. Je sais tout ça.

— Co… comment ?

— Je ne fais rien dans la journée et je dors très peu. Est-ce que ça vous convient comme explication ?

Pas très sympa, le commissaire !

— C'est donc que vous avez décidé de m'aider !

Bel aplomb d'une femme dont l'enfant vient d'être enlevé. Bravo !

— Les armes que vous transportiez l'autre jour, c'était pour le tuer ?

Marina se redressa pour protester.

— La voiture arrêtée devant la Ville close. Le thé vert sucré au miel !

Elle ouvrit de grands yeux.

— Mais comment vous…

Landowski éluda.

— Alors, ces armes ?

— Je l'ai envisagé parce que…

— Vous pensiez ne pas avoir d'autre solution ou vous ne vouliez pas lui remettre les pierres ?

— Les deux.

— Vous ne dites pas que vous ne les avez pas !

— À force, je ne sais plus.

— Hier soir, vous aviez rendez-vous avec cet individu pour les lui remettre, c'est exact ?

— Oui.

— Vous l'avez fait ?

— Non.

— Pourtant vous lui avez apporté quelque chose.

— Oui.

— Pour le tromper et finalement le tuer ?

— Oui.

— Expliquez-moi comment vous avez procédé.

— J'ai déposé sur la voie un sac contenant quelque chose pouvant ressembler au toucher à ce qu'il voulait. Le temps qu'il s'en saisisse et avant qu'il ne se rende compte de la supercherie, j'ai fait le tour.

— Pour le tuer ?

Marina serra ses doigts à se faire mal.

— Mais il le fallait, Commissaire ! Pour ma famille ! Il allait voir que les pierres n'étaient pas dans le sac et il allait se venger sur nous. Des femmes et des enfants, c'est facile !

— Alors vous avez grimpé derrière lui ?

— Je pensais le faire.

— Vous ne l'avez pas fait ?

— Quelqu'un d'autre l'a fait pour moi et l'a poussé sous le train.

Landowski hocha la tête, dubitatif.

— Ce quelqu'un qui a constaté que vous les avez bernés tous les deux et qui a décidé de se venger en enlevant votre fils, c'est ça ?

— C'est comme ça que je me l'explique.

— Pour doubler le premier homme ?

— S'en débarrasser ! Pour avoir les diamants, toujours eux alors que je ne les ai jamais vus !

Landowski n'était pas certain de ça.

— Il y a pourtant quelqu'un qui les réclame.

Landowski soupira et ajouta :

— Un sachet de diamants contre un enfant…

Marina sanglota.

— Sinon je ne reverrai jamais mon fils !

XVII

— C'est quoi cette idée à la con ?

— Mais quelle idée ?

— De combiner l'enlèvement de Jamie !

— C'est pour brouiller les pistes ! C'est ce que tu voulais non ?

— Le commissaire ne va jamais tomber dans le panneau. Il est bien plus intelligent que tu ne le crois !

— À ne pas prendre des vessies pour des lanternes, c'est ça que tu veux me dire ?

— Exactement ! Et tu comptes faire quoi ensuite ?

— Il va se mettre à le chercher. Normal !

— Et alors ?

— Il ne va pas venir ici, tu penses, dit-elle. Pendant ce temps, on va pouvoir préparer notre disparition. Notre départ à tous les trois.

— Tu veux qu'on parte ensemble ? Avec Jamie ?

— Ce n'est pas ce que tu m'as dit ?

— Si si.

— Mais alors, c'est quoi ton problème tout à coup ? Je ne comprends pas…

— On pourrait attendre que ça se calme, dit-il, se retrouver quelque part dans un aéroport et s'en aller d'une manière plus discrète. On va se faire repérer.

— C'est Jamie qui te pose problème ?

— Faut des papiers. Ce n'est pas simple…

— Tu penses qu'il va nous laisser le temps de réfléchir, ce flic qui met son nez partout ? Il attend son heure mais il ne va pas patienter jusqu'à Noël !

— Tu as raison. Quand il aura bien fait le tour de la question et qu'il aura tout compris, il va nous tomber dessus. On ne pourra rien y faire.

L'homme se leva du canapé et s'étira.

— Donc c'est pour demain.

— Quoi ?

— Ben notre départ !

— Si vite ?

— Faudrait savoir ce que tu veux !

— Tu as raison, le plus tôt sera le mieux.

Elle soupira.

— Et pour Jamie ?

— Pas possible de l'emmener pour l'instant. C'est trop chaud en ce moment. On verra plus tard.

Elle s'énerva.

— Tu dis toujours ça ! Je ne l'ai pas caché pour qu'il finisse par retrouver son père !

Il ricana.

— Jean ? Avec ce qu'il a sur le dos, il ne sortira pas de sitôt !

— Mais l'avocat ?

— Pour celui-là, il n'y a que la couleur de l'argent…

— J'ai peur quand même que tout sorte au grand jour.

— T'inquiète ! On a bien joué. Même ce Landowski, n'y a vu que du feu !

— Si tu le dis, je veux bien te croire.

— Viens te coucher. On va fêter dignement notre départ.

L'homme rit, satisfait par avance. Il insista aussitôt :

— Alors tu viens ?

La femme semblait traîner des pieds, comme si c'était un jeu.

— Je fais un détour par les toilettes, dit-elle. Monte, je te rejoins. Je connais le chemin.

L'homme était déjà au pied de l'escalier. Elle le regarda mettre le pied sur la première marche puis elle traversa franchement le vestibule comme pour exacerber le désir de son partenaire.

Elle attendit juste qu'il ait disparu au premier étage puis elle obliqua par la cuisine, sortit discrètement dans la cour, courut vers l'appartement aménagé pour recevoir des amis, tourna la clé pour libérer la serrure et revint rapidement dans la maison.

— Mais qu'est-ce que tu fous ! dit l'homme accoudé à la balustrade de l'étage.

— Ben j'arrive !

— Toujours le commissaire qui te chiffonne, hein ? Il doit dormir à cette heure. Demain, il ira de surprise en surprise. Viens te coucher ! Et fais attention en montant, le lustre du couloir ne marche pas !

Quand il eut disparu à l'intérieur de la pièce, elle monta lentement les marches puis elle tourna tout de suite à gauche pour entrer dans la chambre dont la porte était grande ouverte.

L'homme était allongé nu au milieu du lit. Il avait enlevé couvertures et draps qu'il avait jetés à terre pour faire du matelas un terrain dégagé pour un programme qu'il semblait avoir en tête. Il avait dû préparer une surprise.

Il regarda la femme s'approcher, jouer à la starlette d'un soir et se déshabiller dans une sorte de ballet sensuel puis il l'accueillit à bras ouverts quand elle décida enfin de s'allonger.

— Tu en as mis un temps ! dit-il en montrant sa satisfaction de voir cette hésitation inutile arriver à son terme.

— C'est normal, dit-elle. Toi, tu voudrais que les femmes se déchirent les vêtements pour gagner quelques minutes !

— Quand c'est l'heure, c'est l'heure !

— Sauf que moi, on ne me siffle pas. On ne te l'a pas dit ?

Il ne répondit pas. Il avait mieux à faire à son sens que de discuter de choses qu'il jugeait inutiles en ce moment précis. S'ensuivirent des ébats qui amputèrent de peu le temps de sommeil des deux amants.

Si bien que la nuit retrouva son calme et s'avança en silence vers le prochain matin.

Mais le silence n'avait probablement pas envie de dormir.

Déchirant la nuit tout à coup, il y eut un bruit de course dans le couloir, un cri étouffé, le souffle d'une chute et cet affreux son d'un corps qui s'écrase la tête la première sur un sol en travertin d'une impossible élasticité.

Au fond de la cour, la porte de l'appartement réservé aux hôtes de passage s'écarta lentement du chambranle en PVC. La petite silhouette se glissa à l'extérieur.

Le rez-de-chaussée de la maison était éclairé comme un arbre de Noël. Pourtant, il n'y avait pas de bruit, pas de paroles. Rien d'autre que cette couleur ocre des murs ravivée par la lumière crue.

Le jeune garçon évita de marcher sur les graviers de la cour tout en s'approchant de la fenêtre de la cuisine. Il se hissa sur un caisson protégeant une bouteille de gaz puis il regarda à l'intérieur.

Il n'y avait personne dans la pièce. Quelques verres sur la table, des assiettes sales empilées à côté de l'évier, un panier à pain posé sur le frigo, des couverts, des clés, un journal, une bouteille de vin entamée.

Et non loin de la porte donnant dans le hall

d'entrée, la plante salie de deux pieds écartés de quelques centimètres. Et le long d'une cuisse presque nue, une immonde flaque de sang semblant progresser à l'allure d'un serpent.

Jamie serra son blouson contre lui et se mit à courir vers la campagne.

XVIII

— Dis-donc Lando, tu as fait vite !

Ange referma son blouson. L'air est un peu frais la nuit en automne.

— Depuis le début de cette histoire, je ne dors pas beaucoup, répondit le commissaire sur un ton fataliste.

— Tu sautes dans tes fringues comme les pompiers ?

— Ou je dors tout habillé !

Il toussota.

— Seulement quand Lorraine n'est pas là !

La maison était éclairée de tous les côtés. Devant il y avait une pelouse avec des massifs. Sur l'arrière, une cour ceinturée par ce qui avait bien pu être des écuries dans les temps anciens. Dans cette espace presque fermé, les voitures de gendarmerie étaient garées en file.

— Qu'est-ce qui s'est passé là-dedans ? demanda le commissaire en désigna la maison.

— Florence Amaindry a fait une chute de l'étage

et s'est fracassé la tête sur le carrelage du rez-de-chaussée. Exit.

— C'est ce que tu m'as dit au téléphone. Un accident a priori ?

— La lampe du couloir ne fonctionnait pas. Elle a raté l'escalier et elle a basculé dans le vide. En bas, il n'y avait pas de moquette pour la recevoir. Tuée sur le coup.

— Et le mari, il était où ?

— Il dormait dans la chambre du fond.

— C'est vérifié ça ?

Ange sourit.

— Tu penses déjà à des trucs, Lando ?

— Toujours, tout le temps !

— En fait, les Amaindry font chambre à part depuis très longtemps. Lui, il lui faut du noir complet pour dormir. Sa femme lisait tard dans la nuit, ce qui le gênait.

— Pas d'enfant ?

— Elle ne pouvait pas en avoir.

— Mais quand même ?

— S'il avait envie d'un petit câlin, il passait par la chambre commune. Ensuite, il repartait vers la sienne dans le fond du couloir.

— C'est ce qui s'est passé, cette nuit ?

— Exactement. Les collègues ont fait les prélèvements d'usage. Pour eux, les galipettes ont bien eu lieu. Ils ont mis la nuisette sous scellés. L'autopsie confirmera probablement tout ça.

— L'heure de la mort ?

— On estime à deux heures du matin. Les analyses du bol alimentaire en diront un peu plus.

— Ils avaient picolé au dîner ?

— Le soir, Amaindry débouchait une bonne bouteille. C'était le moment où ils se retrouvaient tous les deux au calme après leur journée.

— Apéritif avant ?

— Toujours et au salon !

— L'épouse aussi ?

— Comme lui. Même un peu plus d'après ce qu'il a dit.

— De quoi expliquer l'accident ?

— Trop tôt pour l'affirmer ou pas.

— Pour la chute, il dit quoi le veuf ?

— Il a juste entendu le bruit de l'impact. Il est venu voir et il l'a retrouvée en bas.

— Il est descendu dans le noir lui ?

— Faut croire et il a allumé dans le vestibule.

— Déjà morte ?

— Sur le coup.

— Il a touché le corps ?

— Il dit qu'il a eu peur et qu'il l'a juste regardée, pétrifié. Ensuite, il a téléphoné.

— Combien de temps après ?

— Moins d'une demi-heure.

— La lampe du couloir ?

— C'est vérifié aussi. L'ampoule est vraiment grillée.

— Il n'a pas pensé à la changer plus tôt ?

— C'est un peu risqué. Il faut placer un escabeau dans le virage de l'escalier. Amaindry fait son poids ! Il n'a pas tenté l'opération. On peut le comprendre. Il avait demandé à un employé de sa boîte de venir le faire samedi prochain.

— Il a dit vrai sur ce point ?

— Les gendarmes ont réveillé le mec. Il s'est demandé ce qui se passait mais il a confirmé.

— On peut facilement confondre escalier et balustrade ?

— Dans le noir et à moitié endormie, ça se peut. Surtout que le garde-corps en bois n'a pas été taillé très haut pour respecter l'harmonie avec l'escalier.

— Pour Amaindry, c'est un accident ?

— Quoi d'autre ?

— Il est où en ce moment ?

— Dans le salon. L'enquête est en cours. Il répond aux questions mais ça ne va pas durer longtemps.

— J'aimerais bien lui parler.

— Je vois ça.

En attendant, Landowski monta à l'étage. Dans la chambre de madame, il constata les vêtements masculins abandonnés au pied de la commode et les ravages subis par la literie. On aurait dit qu'ensuite l'épouse honorée avait juste drapé un pan de couette sur elle avant de s'endormir. Pas sûr qu'elle ait pris le temps de lire quelques pages…

— Commissaire ?

— J'arrive !

Landowski jeta un œil exercé sur la trémie d'escalier en descendant les marches. Il imaginait bien Florence Amaindry faisant son vol plané. Vivante !

Il passa au salon. Georges Amaindry était assis au centre du canapé jambes écartées. Il portait un short de nuit à grands carreaux remontant sur ses jambes blanches et poilues et le tee-shirt de la dernière coupe du monde de football en guise de haut de pyjama. Il avait les traits tirés avec une moue aux lèvres lui donnant un air désagréable. Seul le regard n'était pas éteint.

— Bonjour, monsieur Amaindry. À cette heure… Désolé pour ce qui est arrivé à votre épouse.

— Merci, Commissaire.

— On m'a prévenu mais je précise que je ne suis pas chargé de l'enquête qui, d'ailleurs, devrait tourner court d'après ce qu'on m'en a dit.

Landowski attendait une réaction du mari. Elle ne vint pas.

Il continua :

— Plutôt que triturer les faits comme font les enquêteurs, expliqua-t-il, je voudrais essayer de comprendre ce qui a pu conduire à un décès si brutal.

— Elle est tombée, Commissaire ! Tombée !

— On m'a indiqué précisément l'endroit et je l'ai imaginée sur le sol.

— Ils l'ont déjà emportée ? demanda-t-il comme à regret.

— Oui. Dites-moi ce que vous avez vu.

Amaindry rapprocha ses genoux et il y posa les mains en les regardant la mine grave.

— Il y a eu un grand bruit. Je suis sorti dans le couloir. Quand je suis arrivé à l'extrémité du palier, j'ai aperçu Florence à travers les barreaux de l'escalier. Elle était allongée sur le sol de l'entrée. Je me suis précipité.

— Dans quelle position était-elle ?

— Sur le ventre, une jambe un peu repliée l'autre plus droite. Les deux tournées vers la porte de la cuisine qui était ouverte. Le visage contre le sol et son sang qui se répandait tout autour.

— Comment était-elle habillée ?

— Simplement une nuisette que j'avais rapportée d'une grande maison de Paris. Elle la mettait tout le temps pour me faire plaisir.

— Des mules, des chaussons ?

— Pieds nus. Elle se déplaçait comme ça dans la maison, le plus souvent. Au-dehors, elle avait les pieds enfermés dans des chaussures de marque mais qui lui faisaient mal. Donc quand elle pouvait s'en passer…

— Elle portait des lunettes ?

— Juste pour lire.

— Elle les avait sur le nez cette nuit ?

— Non. On les a retrouvées posées sur la couverture d'un roman.

— Qu'elle avait ouvert avant de dormir ?

— Je ne peux pas vous dire.

Il n'était donc plus présent dans la chambre à ce moment-là.

— Vous avez des toilettes à l'étage ?

— Toilettes et salle de bains, en haut et en bas.

— La nuit, elle choisissait de descendre ou elle restait sur le même palier ?

— Elle descendait si elle avait besoin d'eau. Rarement en fait, on a un mini-frigo dans la chambre.

— Pour réfrigérer quoi ?

— De l'eau plate, de l'eau pétillante.

— Du jus de fruit ?

— Comme dans les hôtels.

— Vin, champagne, alcools, vous voulez dire ?

— Oui. Quand on se retrouvait tous les deux dans le même lit, parfois pour regarder un truc à la télé, on débouchait souvent quelque chose.

— Hier soir, c'est ce que vous avez fait ?

— Non. Après…

Il déglutit.

— Après j'ai rejoint ma chambre.

— Et vous vous êtes endormi rapidement ?

— Une fois allongé, je dors.

— C'est le bruit du choc qui vous a réveillé ?

— Oui.

— Avant, vous n'avez rien entendu ?

— Non, rien.

— Est-ce que vous avez une idée de ce qu'elle allait faire au rez-de-chaussée ?

— Aucune. Il n'y a qu'elle qui…

Amaindry fit crisser son pouce gauche contre l'index de la même main. Il regarda Landowski avant de demander :

— Quelque chose d'autre, Commissaire ?

— Quand vous avez quitté votre femme, au début de la nuit, elle vous a paru normale ? Comme d'habitude, je veux dire.

— Je ne comprends pas bien.

— C'est elle qui vous a invité à la rejoindre ?

— La porte de sa chambre était grande ouverte.

— Une sorte de code ?

— Exactement. Quand l'un veut, l'autre pas. C'est mieux quand ça s'organise.

— Elle avait évoqué ça au dîner ?

— Oui.

— Vous pensez qu'elle avait une idée derrière la tête ?

— Peut-être. Je ne sais pas.

— C'est pour ça que vous avez demandé si je la trouvais normale ?

— Je crois oui.

— Comme si elle avait organisé tout le programme de sa soirée ?

— Pour en faire ce qu'elle avait décidé, sembla conclure Landowski.

Amaindry se passa la main sur la bouche et soupira.

— Maintenant que vous le dites.

— Vous pensez à quelque chose ? Un détail ?

— Je l'ai trouvée différente.

— En quoi ?

— Plus proche.

— Comme si…

— Vous pensez…

— Comme vous, monsieur Amaindry.

— Que ce n'est pas un accident ?

— C'est une possibilité, vous ne croyez pas ?

— Si.

— Alors, on part sur quoi ?

— Que Florence s'est jetée de l'étage volontairement. J'en suis persuadé.

Amaindry se retint d'éclater en sanglots.

— Avait-elle des raisons de le faire ? s'enquit le commissaire.

— Il y a eu des morts. Jean est en prison. Sa femme et sa famille ont été bousculées, menacées. Et le petit Jamie a été enlevé sur le chemin de l'école. Toute cette affaire l'a bouleversée.

— Votre femme Florence, les connaissaient bien ?

— Notre siège à Rosporden est une petite structure.

— Elle vous a parlé de tout ça hier soir ?

— Un peu. On a bu un peu aussi.

— Elle était comment quand vous vous êtes quittés ?

— Elle était fatiguée.

— Elle ne vous a pas demandé de rester avec elle pour la nuit ?

— Non.

— Avait-elle des raisons de vouloir en finir avec la vie ?

— Elle était dépressive depuis quelques mois. Du coup, j'avais décidé de partir en voyage avec elle. On en a parlé hier soir avant…

— Pour aller où ?

— Au Cambodge pour aider un orphelinat qu'elle a vu à a télé, il y a quelques mois.

— Cette évocation aurait dû lui redonner du courage, dit Landowski.

— Peut-être que c'était déjà trop tard, dit Amaindry, fataliste.

Le commissaire respira fort. Volontairement. Il se trouvait dans une impasse. Il marcha jusqu'à la fenêtre, les mains dans le dos. Joli jardin avec de beaux éclairages. Florence Amaindry rêvait certainement de voir ses enfants s'y amuser.

— Commissaire !

Ange était dans l'encadrement de la porte. S'il l'appelait par son grade, c'était qu'il y avait quelque chose de cassé.

— Oui, entre !

L'ami de longue date s'approcha de la table basse et regarda Amaindry tout en livrant la nouvelle.

— On a retrouvé un cartable d'enfant dans l'une des dépendances.

Il se retourna vers Landowski :

— Le prénom tracé au feutre sur le rabat, c'est Jamie !

Le divisionnaire se redressa et fixa l'industriel :

— La vie d'un enfant de huit ans est en jeu ! Va falloir être franchement plus loquace, monsieur Amaindry !

Celui-ci se leva sans rien dire. Il avait compris qu'on allait changer de régime.

— Monsieur, je vous laisse un peu de temps pour vous habiller et changer d'aspect. Vous allez aussi pouvoir prendre des dispositions pour les funérailles de votre épouse. Vu la simplicité de l'affaire, le corps vous sera rapidement rendu. Ensuite nous nous verrons !

Ange fronça les sourcils. D'abord Lando n'avait pas répété le nom du témoin comme s'il voulait montrer qu'il passait sur le champ légal. Ensuite, il lui donnait curieusement le temps de préparer ses réponses au lieu de profiter de la situation pour le pousser un peu. L'ami flic se demanda où s'embarquait Landowski mais il se garda bien de poser des questions. Il laissa au divisionnaire le choix de sa stratégie.

— Après ça, continua le divisionnaire, nous nous rendrons ensemble sur le site de votre société. Les services de gendarmerie procéderont à une perquisition en votre présence. Nous aurons un mandat dans la matinée. Ensuite, nous ferons une réunion dans votre bureau pour tenter d'éclaircir tout ça.

Il leva les bras et dit :

— En espérant que tout sera réglé pour le déjeuner !

Puis il sortit pour téléphoner.

XIX

On était samedi. La zone industrielle de Dioulan fonctionnait au ralenti.

Ange avait conduit pour venir. Landowski avait quelques coups de fil à passer. En particulier, il avait mis le juge Malbecques au courant des derniers développements de l'affaire. Ce qui n'avait pas suscité un enthousiasme débordant chez le magistrat.

Deux véhicules de gendarmerie attendaient à l'extérieur. Du renfort était venu d'une autre brigade. Les gendarmes, des hommes et deux femmes, attendaient hors des véhicules. Un camion passa au ralenti. Le chauffeur avait baissé sa vitre pour mieux regarder l'attroupement.

La grille de l'entreprise était ouverte. La porte d'accès aux bureaux également. Sur ordre de Landowski, Jim s'était rendu au domicile de la secrétaire pour lui demander de venir au bureau afin de faciliter l'accès des lieux aux fonctionnaires qui allaient procéder à la perquisition.

Il fallut attendre encore une demi-heure avant qu'un émissaire n'apporte le mandat officiel. Sans attendre davantage, Landowski dit :

— On y va !

Un gendarme fit coulisser la portière d'un fourgon et Amaindry en descendit. Il avait une tout autre allure. Rasé de près, cravate, complet veston bleu, chaussures vernies.

— Passez devant, monsieur Amaindry.

Le commissaire n'affichait pas un air soupçonneux. Il donnait l'impression de traiter cet épisode comme une séquence traditionnelle dans le déroulement d'une enquête. Ni plus ni moins. Une fois le parvis traversé à pied, la secrétaire s'annonça sur le seuil. Personne ne songea vraiment à la saluer.

Landowski ordonna :

— Ange, tu prends les bureaux.

L'ami policier choisit son équipe. Les deux femmes gendarmes lui emboîtèrent le pas. L'officier fit signe à ses hommes et le groupe marcha vers la porte du hangar dans un mouvement bien huilé.

— Que cherchez-vous, Commissaire ? demanda Amaindry.

Landowski haussa les épaules.

— Comme vous ! Un sac de diamants !

Il plissa les yeux et leva l'index droit.

— Peut-être plus !

— Si je détenais les pierres ici, Commissaire, il n'y aurait pas eu d'affaire !

— Pas encore, je dirais ! Passez devant. Il y a peut-être des tiroirs fermés dont vous avez la clé.

— Isabelle a accès à tout.

— Vous n'avez pas de secret pour votre secrétaire, c'est ça ?

— Collaboratrice ! précisa Amaindry en souriant étrangement. Landowski aurait bien voulu rentrer dans la connivence. Il attendrait pour cela.

— Qu'est-ce que vous avez dans le hangar ?

— Pas grand-chose, dit l'industriel. Les assemblages étaient terminés. Les pièces à livrer sont parties, il y a quelques jours. Mardi, on va en réceptionner d'autres. C'est toujours comme ça.

— Et le précieux ?

— Parti aussi pour nos agences. On est en fin de mois. Nos clients sont en attente.

— Des pierres peut-être ? demanda le commissaire, un peu ironique.

— Non, rien. Cette affaire a soufflé un vent de frilosité…

— La discrétion est encore là, non ?

— L'audace un peu moins !

Ange apparut à la porte d'entrée. Il joua de l'essuie-glace avec sa main droite. Un sourire en coin apparut sur les lèvres de l'entrepreneur.

— Je crois que vos hommes ont fait chou blanc, Commissaire.

Landowski resta impassible et patienta le temps que la perquisition soit bien terminée dans l'ensemble des bâtiments.

Une voiture conduite par Jim s'annonça dans la cour. Le policier n'était pas seul.

— Qu'est-ce qu'elle vient faire là ? s'insurgea Amaindry en reconnaissant Marina.

— J'ai pensé qu'une petite confrontation ne nous ferait pas de mal, monsieur Amaindry ! Je vois un premier témoin d'un côté, un second d'un autre ! Tout le monde va entendre la même chose. On avancera plus vite, surtout que cette affaire va se terminer bientôt.

— Euh oui, certainement, répondit Amaindry.

— Vous nous invitez dans votre bureau ?

— Bien sûr.

Le patron prit la tête du groupe, suivi de Landowski, Marina et Jim. Ange dit quelques mots à l'officier gendarme qui fit quelques gestes comme pour organiser une protection extérieure. La discussion qui allait avoir lieu devait se passer dans la meilleure sérénité possible. Personne ne devait entrer, ni sortir non plus.

Landowski s'arrogea la place de maître de cérémonie et demanda à Amaindry de s'asseoir sur un siège visiteur. Marine s'assit derrière lui mais à distance. Ange et Jim restèrent debout pour veiller au grain.

— On va reprendre depuis le début, si vous le voulez bien !

Il regarda ses auditeurs en gardant le silence histoire de les mettre un peu mal à l'aise.

— Il y a quelques semaines, Jean…

Il releva la tête.

— C'est curieux, indiqua-t-il, dans cette affaire on a utilisé des prénoms plus que des noms de famille. Cela indique probablement les liens entre vous tous. C'est d'ailleurs, ce qui pourrait plus facilement nous conduire à résoudre notre problème commun.

En fixant Amaindry, il ajouta :

— Rapidement parce que la battue pour rechercher le petit Jamie partira à onze heures.

Il évita de regarder Marina qui, d'ailleurs, contemplait ses chaussures.

— Donc le collaborateur et bras droit de monsieur Amaindry se rend en Normandie pour visiter l'agence de l'entreprise comme il le fait tous les deux mois environ. Il sait que dans l'un des tiroirs du bureau du local sécurisé se trouvent une belle quantité de pierres précieuses gardées dans un sac d'aspect banal pour ne pas attirer l'attention. C'est la procédure normale. Le lendemain matin, une équipe de braqueurs, probablement informés de la présence des valeurs, se fait ouvrir l'accès à l'entreprise puis au local en question en menaçant le gardien. Quelques minutes plus tard, l'équipe ressort, frappe l'agent de sécurité et l'enferme dans le coffre de sa voiture. À ce moment-là, l'alarme retentit et précipite le départ des casseurs. Plus tard, on retrouve la voiture de l'équipe abandonnée sur un parking. Des métaux précieux ont été pris sur le site mais les voleurs ont tout laissé dans la voiture.

Landowski se redressa :

— Le hic c'est que pour le sachet de valeurs, on n'a retrouvé que le bordereau attestant du contenu, contenu non retrouvé à ce jour. Quelques jours plus tard, les enquêteurs retrouvent la trace de l'un des auteurs du casse mais ils le ratent de peu. L'homme a quand même laissé dans son logement un sac de sport où on retrouve des objets en plastique et une carte tracée à main levée des locaux de l'agence avec les accès et les dispositifs de sécurité. Sur ces objets, l'empreinte du collaborateur modèle est formellement identifiée à deux endroits. Pour ce qui est du plan, les recoupements ont montré qu'il y a de fortes chances pour qu'il en soit aussi l'auteur. Ces indices concordants ont d'ailleurs entraîné l'interpellation du collaborateur en question au petit matin. Arrestation un peu mouvementée, le témoin cherchant à se soustraire à l'injonction policière pratiquée sur mandat judiciaire.

Landowski leva les yeux vers Marina. Elle regardait ailleurs.

— Plus tard, reprit Landowski, l'action se déplace en Normandie. L'agent d'entretien molesté le jour du casse est torturé à mort chez lui. Les policiers que j'avais dépêchés sur place pour entendre le témoin font fuir l'agresseur qui est abattu par un tireur inconnu. Cette semaine, un homme domicilié en Normandie, trouve la mort dans la nuit en étant percuté ici à Rosporden par un TGV. Il apparaît ensuite que ces deux hommes sont probablement les auteurs du casse de l'agence de la SAIL à Carpiquet. Selon le gardien décédé, c'est un trio qui a fait le coup. Dont une femme. On peut raisonnablement penser que les deux autres ont été tués, l'un par balle dans le dos, l'autre par la motrice du TGV.

Il leva le doigt vers Marina.

— L'épouse du cadre arrêté est ici. Elle aurait pu ne plus être parmi nous si l'homme tué sur la voie était arrivé à ses fins. D'après l'enquête, il s'en est pris à la grand-mère de Jamie et à sa tante. Probablement pour mettre la pression sur la famille du collaborateur et sur lui-même par ricochet. Tout ça pour que le sac de diamants remonte à la surface.

Il se racla la gorge.

— Cette affaire va encore plus loin puisque cette nuit madame Amaindry a eu un accident mortel à son domicile et qu'on a retrouvé dans l'une des dépendances de la maison située à la limite de la commune, en direction de Scaër, le cartable de Jamie, enlevé il y a deux jours sur le chemin de l'école.

Landowski se tut. L'ambiance devint subitement très lourde surtout que personne ne bougeait. Une minute dans ce cas-là dure une éternité.

Ange et Jim regardaient leur collègue. Ils connaissaient bien la théorie du fil de rasoir et la grande expérience de Landowski pour en jouer finement. La réunion en était au moment précis où la vérité pouvait éclater, ou patienter encore un peu…

Le commissaire désigna Marina d'un geste très direct de la main droite. Avec une certaine violence qui mit tous les participants mal à l'aise. D'ailleurs, les traits de la maman éplorée s'affaissèrent encore davantage.

— Madame, votre attitude dans cette affaire, m'interpelle, ainsi que votre rôle.

Marina se redressa comme pour protester. Landowski l'en empêcha d'un geste sec.

— Permettez ! Vous êtes venue me voir pour solliciter mon aide parce que vous n'aviez pas confiance dans les autorités de votre pays. Il y a là déjà quelque chose de contradictoire.

Amaindry ne semblait tout à coup plus à l'aise.

— Ensuite vous avez eu des rencontres avec le voyou qui est passé sous le train. Donc l'un des artisans du casse. Vous le connaissiez ?

— Mais non, protesta Marina.

— Si peu que vous vous êtes rendue de nuit chez lui à Concarneau ?

— Il avait agressé ma mère et ma sœur !

— Il allait trop loin peut-être…

— Qu'insinuez-vous ?

— Je veux dire qu'il ne suivait pas vos ordres à la lettre !

— Mes… ? Non !

— La veille et le jour du casse, vous n'avez pas travaillé. Avez-vous accompagné votre mari dans son déplacement ?

— Mais non !

— Quand le deuxième larron a été tué d'une balle dans le dos sur les bords du canal en Normandie, on ne vous a pas vue par ici. Je me suis laissé dire que votre père vous avait appris à tirer.

Marina cherchait de l'air. Pathétique.

— Le soir où votre contact ici est monté sur le ballast, vous étiez là.

Il toussota.

— Est-ce que vous l'avez poussé ?

La question n'appelait pas forcément une réponse.

— Je vais vous dire ce que je pense, continua Landowski. Vous avez pu monter ce coup avec votre mari. Des diamants qui roulent sous les doigts, ça donne envie. Votre époux les manipulait, en appréciait la valeur tout en connaissant la discrétion qui les entourait.

En prenant son temps, Landowski balaya son auditoire du regard. Chacun attendait la suite et il en profitait.

— Ensuite, les choses se sont compliquées. Des indices graves et concordants ont mis votre mari en difficulté. Vous êtes venue me voir pour obtenir une sorte de caution morale. Ensuite vous avez suivi votre plan. Effacer les témoins un à un. Belle réussite, je dois dire.

Marina affichait maintenant un visage fermé à double tour. On aurait dit qu'elle laissait passer l'orage. Landowski se tourna vers le chef d'entreprise.

— Et puis il y a eu ce pénible accident, chez vous, cette nuit, monsieur Amaindry. Comme si la coupe n'était pas assez pleine. Si votre femme était encore de ce monde, elle pourrait nous en dire des choses. Notamment sur la présence du cartable de Jamie dans une dépendance de votre propriété.

Le veuf soupira en serrant fortement les mains.

— Faut que je vous dise, Commissaire. Avec Florence nous n'avons pas eu d'enfant. Quand elle avait vu le petit Jamie dans la journée, elle pleurait le soir. Elle trouvait que c'était injuste.

— Qu'avez-vous pensé quand elle vous a appris qu'elle l'avait enlevé ?

— J'en ai été stupéfait ! Je ne pouvais pas penser qu'elle allait aller jusque là.

— Vous lui avez dit qu'il fallait le rendre ?

— J'ai dû insister.

— Et alors ?

— Elle m'a promis de le ramener ce matin.

— Entre-temps, elle est morte. Pensez-vous que votre attitude a pu l'inciter à en finir avec la vie ?

— Je n'en sais rien. Mais je pense que cela a pu jouer.

— Parce que ?

— Elle voulait qu'on parte tous les trois ce matin. Au bout du monde ! Vous vous rendez compte ? Ce n'était pas possible. On ne peut pas traverser les continents avec un enfant qui n'est pas le sien. Bien sûr, j'ai tout de suite refusé. Je crois qu'elle n'a pas compris pourquoi je l'abandonnais en rase campagne. Elle était à fond dans son délire. Un moment, la pression a dû être trop forte pour elle. Rendre l'enfant, ce devait être au-dessus de ses forces.

— Pourtant, il a bien fallu qu'elle libère Jamie !

— Peut-être pour qu'on ne l'accuse pas trop une fois partie ailleurs. Je ne sais pas.

— Ensuite elle est remontée se coucher…

— Je le suppose.

Le mari baissa la tête.

— Elle ne trouvait pas d'issue, dit-il dans un souffle. Une fois sur le palier, elle a décidé de mettre un terme à tout ça et elle s'est jetée par-dessus la balustrade. Je suppose que ça s'est passé comme ça.

Il souffla.

— J'aurais dû m'en rendre compte.

— Parce que ?

— Elle a voulu qu'on fasse l'amour alors que ce n'était pas forcément le moment, ni l'habitude.

— Vous voulez dire…

— On attendait la fin de semaine plutôt.

— Et donc ce désir vous a surpris ?

— J'aurais dû en rechercher l'explication mais vous savez…

Il regarda ses chaussures.

— Je comprends, dit Landowski.

Il se redressa.

— Je reviens aux diamants, monsieur Amaindry. Votre femme en connaissait-elle l'existence ?

— Oui. Elle savait que j'avais organisé cette activité discrète mais lucrative.

— Croyez-vous qu'elle ait pu en avoir envie ?

Amaindry sourit.

— Toutes les femmes aiment les bijoux ! Cette fois, il y en avait pour très cher !

— Assez pour avoir envie de les voler ?

— Que voulez-vous dire, Commissaire ?

— Il y avait une femme dans le commando. On ne l'a pas identifiée à ce jour. La nuit du casse, elle était avec vous, chez vous ?

Amaindry serra les lèvres.

— Vous voulez respecter sa mémoire en ne répondant pas, c'est ça ?

Il s'agita sur sa chaise.

— Mais enfin, Commissaire ! Un peu de décence ! Florence est décédée il y a à peine quelques heures !

— Et il y a un enfant qui n'a pas dix ans et qui a disparu, ça vous va comme explication ?

Dans un souffle, Amaindry lâcha du lest.

— C'est elle, Commissaire.

Il se cacha le visage dans ses mains puis il respira un grand coup. On le laissa continuer :

— Elle était partie voir ses neveux. Une absence de deux ou trois jours. Je ne pouvais pas imaginer qu'elle filait vers le dépôt de Carpiquet…

— Elle vous en a parlé plus tard ?

— Seulement la nuit dernière ! Avant tout ça ! Vous m'avez demandé si je l'avais trouvée bizarre,

Commissaire. Je crois qu'elle n'avait plus rien à perdre.

Amaindry semblait totalement détruit.

— C'était une femme forte. Si l'entreprise en est où elle est, c'est grâce à sa ténacité. Sans elle, j'aurais laissé tomber depuis longtemps.

— Elle vous a dit comment elle avait procédé ?

— Un vrai roman ! J'en suis resté baba.

— Votre admiration ne l'a pas sauvée.

— Elle en a décidé autrement, Commissaire.

Il reprit l'explication.

— Léopold nous devait sa liberté. Il avait fait des choses immondes qui auraient pu l'expédier aux Assises. Davantage si la peine de mort avait été encore en vigueur. Florence lui a demandé de trouver deux gars pour simuler le casse. Pour toucher l'assurance, c'était son mobile. Il s'est débrouillé. Ensuite elle a pensé déplacer les soupçons sur Jean en lui envoyant les deux sbires pour l'obliger à tracer une sorte de plan sous la menace.

— Laquelle ?

— Les deux copains de Léopold lui ont parlé de Jamie, ce qui l'a immédiatement fait plier. Après, je ne sais pas trop pourquoi et comment Jean a procédé. Il n'avait vu que les deux casseurs. Il ne savait pas pour Léopold ni pour Florence. Il a sans doute voulu mettre un grain de sable pour faire capoter le coup et se dédouaner peut-être d'avoir fourni le plan des lieux.

— Il a donc caché les pierres et reprogrammé l'alarme…

— Florence en était persuadée. Dans le bureau de Jean, elle a récupéré des objets avec des empreintes. Elle les a fournis à un de ses compères qui les a abandonnés dans son logement pour qu'on les retrouve.

— Et les gendarmes sont arrivés au petit matin…

— De l'avenir de Jean, elle se moquait bien. Elle attendait qu'il dise ce qu'il avait fait des pierres. Mais surtout pas au juge, vous l'imaginez bien !

— Pour forcer la dose, elle a envoyé quelqu'un…

Marina se leva.

— Vous voyez, Commissaire. Vous m'avez accusée à tort. Je n'y suis pour rien !

Landowski haussa les épaules.

— Heureusement que monsieur Amaindry accepte de nous dire la vérité ! dit-elle sur un ton ironique.

— Et puis il s'en est pris à la mère et à la sœur de Marina, je crois, dit le patron comme s'il menait l'enquête.

Landowski se tourna vers l'intéressée.

— Et vous, vous avez décidé de piéger le comparse.

— Je n'avais plus d'autre issue. J'étais décidée à le tuer. Faut comprendre. Quand on arrive à un certain point…

Elle sourit tristement avant de laisser tomber :

— Quelqu'un d'autre l'a fait à ma place !

— Pensez-vous que ce soit votre femme, monsieur Amaindry ?

— Elle était prête à toutes les extrémités pour récupérer les diamants. Elle était très sportive. Elle a pu agir vite et bien !

— Et elle aurait tué le deuxième larron sur les bords du canal ?

— Possible. Elle tirait très bien.

— Ce jour-là, elle était à la maison ?

— Non ! Partie voir ses neveux la veille…

— Et vous ?

— J'étais sorti.

— Vous auriez pu l'accompagner…

— Ce n'était pas le cas.

— Et vous avez fait quoi ?

Amaindry soupira.

— J'ai passé la nuit ailleurs.

— Chez une femme ?

— Oui.

— Une visite occasionnelle ?

— Plutôt épisodique.

— Vous comprendrez que je vous demande l'identité de cette personne.

— Isabelle est au comptoir. Dites-lui de nous rejoindre.

Landowski fit un signe à Jim qui se précipita. En attendant, l'ambiance silencieuse se plomba comme un ciel d'orage. Marina regardait ses mains. Amaindry les siennes.

Jim revint avec la secrétaire.

— Prenez un siège, dit Landowski à l'employée, en montrant un fauteuil libre sur sa gauche.

— Qu'est-ce que…

La nouvelle venue était visiblement inquiète.

— Vous êtes au service de l'entreprise depuis longtemps ? demanda Landowski.

— Bientôt dix ans ! J'ai remplacé Marina qui était enceinte.

— Et ça s'est bien passé avec votre patron ici présent ?

— Mon mari venait de me quitter. J'avais besoin de travailler. La place était libre. Voilà.

Landowski constata que la secrétaire serrait les mâchoires. L'entretien la changeait probablement de ses journées routinières et la stressait.

— Vous avez appris la nouvelle du jour…

— C'est bien triste.

— Vous vous entendiez bien avec madame Amaindry ?

— Elle ne venait pas souvent au bureau mais elle téléphonait à son mari. Quand j'étais de repos, elle me remplaçait parfois.

— Vous avez su pour l'effraction qui a eu lieu à l'agence de Carpiquet ?

— Bien sûr ! J'en ai été peinée pour Jean. C'est lui qui réglait tout ici.

Elle regarda Amaindry.

— Qui faisait tourner la boîte, en fait !

— Deux hommes qui ont perpétré le casse sont morts, un tué par balle et l'autre écrasé par le train, dit Landowski. Vous les connaissiez ?

Elle s'étonna, la main sur la poitrine.

— Moi ? Mais non !

— Ils ne sont jamais venus ici ?

— Moi je ne les ai pas vus.

— Tout à l'heure, j'ai posé une question à votre patron. Je voulais vérifier son emploi du temps. Il m'a alors demandé de vous faire venir.

— Parce que ?

Amaindry la regarda.

— Isabelle, j'ai dit au commissaire Landowski que j'avais passé une certaine nuit hors de chez moi pendant l'absence de Florence.

— Et vous avez affirmé que c'était chez moi ?

— Il ne vous a pas citée ! précisa Landowski. Il vous laisse, je suppose, le droit de le dire ou pas.

La secrétaire croisa les doigts.

— Quand je me suis retrouvée seule, j'ai eu besoin de travailler. Marina était enceinte. C'était une opportunité. Je suis allée la voir. Elle m'a dit qu'elle n'y retournerait pas après son congé de maternité. J'ai donc accepté le poste en sachant que je pouvais espérer y rester définitivement.

— Marina vous avait dit pourquoi elle ne reprendrait pas sa place après son congé ?

— En fait, je l'ai compris assez vite.

Elle dodelina de la tête.

— Quelques jours ont suffi.

— Votre nouveau patron s'est trouvé un peu pressant, c'est ça ?

— Disons qu'il s'est intéressé à moi. Il a regretté le départ de Marina. Forcément quand vous la voyez ! Il ne m'a pas caché qu'il était content de ne plus avoir une épouse comme secrétaire. Il a parlé d'emploi du temps plus élastique, qu'il pourrait y avoir des dépassements d'horaires. Je ne suis pas une oie blanche. J'ai compris.

— Vous avez accepté le poste.

— Vous savez, Commissaire, les emplois par ici, ça ne court pas forcément les rues. Et le salaire proposé était au-dessus de la moyenne !

— Contre tâches supplémentaires ?

— Oui, avoua-t-elle.

— Tu étais d'accord ! s'insurgea Amaindry. Tu ne vas pas dire maintenant que je t'ai forcée !

— Je ne le dis pas non plus !

Landowski leva le calendrier et montra un jour précis au moyen d'une règle en fer.

— Monsieur Amaindry nous dit donc que ce jeudi-là, il a passé la nuit avec vous, chez vous.

— Je vois bien de quelle soirée, il veut parler ! Il y a eu quelques autres nuits, en effet, mais ce n'était jamais un jeudi soir.

La secrétaire grimaça puis elle continua :

— Monsieur Amaindry m'a demandé de répondre oui à votre question.

— Et vous, vous avez envie de dire quoi ?

La tension était palpable. Ange sortit les mains de ses poches pour être paré à toute éventualité. Dans ce type de confrontation, ça part parfois en vrille !

— Que monsieur Amaindry n'était pas chez moi cette nuit-là.

Le patron se leva brutalement.

— Pas vrai ! Je n'ai pas…

Ange fit un pas. Landowski l'arrêta d'un signe de la main puis ordonna :

— Assis !

Amaindry obtempéra.

— Cette fois, ça va vraiment trop loin, reprit la secrétaire. Ce n'est plus un jeu d'adultes consentants qui veulent se voir discrètement.

— Attention à ce que tu fais, Isabelle ! menaça Amaindry. Ne dis rien que tu pourrais regretter !

La secrétaire s'en foutait. Elle continua :

— Je lui ai demandé pourquoi il avait si besoin d'un alibi. Sa femme pouvait faire l'affaire. Il m'a dit qu'il avait été forcé de tuer un homme. Et qu'elle était avec lui !

— Menteuse ! asséna Amaindry.

— Je vais te dire Georges, j'en ai marre de tes combines et de tes promesses. Tu as maquillé tes comptes. Tu as recyclé des pierres démontées sur des bijoux volés. Tu as mis Jean et sa famille en danger. On n'avait pas besoin de ça. Tu veux tout, toujours, trop !

La secrétaire se leva.

— J'ai cru que tu pensais vraiment à moi. Même encore ce matin quand j'ai compris que tu avais tué ta femme. Bête je suis pour avoir cru un instant que c'était pour partir avec moi.

Elle leva la main.

— Juste un instant ! Ensuite j'ai pigé que ton idée était encore et toujours ailleurs. Tu m'aurais tuée aussi bientôt ?

Elle rit et se laissa tomber sur son siège.

— Tu as réellement cru que Marina te reviendrait au final ? Pauvre fou !

Elle se mit à pleurer alors que Marina se levait et s'avançait vers son ex-patron.

— Regarde-moi bien ! lui dit-elle. J'espère pour toi que je vais retrouver mon petit bonhomme. Si je le perds, je te promets une chose. Je t'attendrai, je te retrouverai, n'importe où, n'importe quand. Tu me verras. Tu comprendras. Et je te tuerai !

Marina sortit en claquant la porte.

Ange et Jim se regardèrent. L'épisode avait été intense, fort, émotionnel. C'était ainsi parfois dans les enquêtes policières. Pas toujours. Mais cette fois, Lando avait encore décroché la queue du Mickey !

XX

— Personne devant !

Les pieds sur les freins, Landowski actionna le démarreur. Le Lycoming du Cessna 172 répondit aussitôt en piaffant et la carlingue s'anima sous l'effet de couple.

Il annonça à son passager :

— Décollage en piste 20 puis montée initiale. Ensuite je vais virer au 235 en direction de Rosporden et monter à 2000 pieds.

Jim se mit à rire en réajustant son casque.

— Tu vas où tu veux mais ramène-nous sur la terre ferme après la promenade si tu veux bien !

— En aéro, on annonce toujours ce qu'on va faire, précisa le pilote. Ensuite on va chercher à décrire un arc de cercle puis passer au-dessus de la propriété des Amaindry plus au sud-ouest. Après ça, je descendrai de quelques centaines de pieds pour que tu scrutes la campagne. Jamie portait un tee-shirt blanc quand il a disparu.

— S'il est là, je ne le raterai pas. Fais gaffe quand même à ne pas caresser la cime des arbres. J'ai pas envie de me rouler dans l'herbe mouillée en cette saison. Je suis sujet aux maux de gorge !

Jim plaisantait parce que la tension était palpable. Le coup de poker qu'ils tentaient n'avait malheureusement rien d'un jeu. Du goûter emporté par le fugitif, il ne devait rester que des emballages. La nuit avait été fraîche malgré l'annonce de cette remontée d'air chaud en provenance d'Afrique du Nord. Dans quel état d'esprit était ce gamin ? Jouer à l'explorateur, ça ne dure qu'un temps. La solitude sait si bien faire des ravages.

Landowski ne répondit pas. Il connaissait l'enjeu mais il était attentif à la procédure de prédécollage. Les essais moteur terminés, il franchit le point d'arrêt, pénétra sur la piste indiquée et la remonta pour rejoindre le point de décollage. Deux minutes plus tard, l'avion s'élevait dans les airs.

La confrontation de la veille avait été un exercice difficile. Landowski avait été contraint de malmener Marina pour parvenir à ses fins. Avant la réunion, il avait prévenu la jeune femme et lui avait demandé d'encaisser sans broncher. Quoi qu'il arrive. Il comptait sur la force de caractère qu'elle avait déjà montré. Lors de leur première rencontre, il avait senti qu'il avait affaire à une femme qui ne s'en laissait pas conter. Et il avait aimé ça ! Au final, il estimait qu'il avait quand même chargé la barque. Il lui en dirait deux mots. Qu'elle ne se méprenne pas.

Pour le moment, il s'agissait de rechercher Jamie et de le retrouver surtout. Les bénévoles de la battue devaient déjà être chez Amaindry d'où Jamie était parti en pleine nuit.

On savait qu'il avait emporté avec lui une petite bouteille d'eau, deux briques de jus de fruit et un étui de gâteaux au chocolat. On ne comprenait pas pourquoi il avait laissé le cartable. Peut-être pour que l'on sache qu'il était passé par là. Ensuite, il pouvait avoir pris n'importe quelle direction. Landowski pariait sur la curiosité des enfants et espérait que Jamie sorte du couvert des arbres pour regarder le petit avion évoluer dans le secteur. Fragile hypothèse posée par le commissaire. Fallait bien se raccrocher à quelque chose.

En bas, épaulé par les gendarmes, Ange dirigeait la battue. Marina était à ses côtés. Si Jim, qui scrutait la campagne apercevait quelque chose, il jetterait un fanion lesté pour marquer la zone afin que son collègue à pied inspecte le coin.

Landowski survola la ligne des bénévoles avançant dans deux champs contigus puis il décrivit une large boucle avant de revenir se placer dans le sens de la marche. En remontant vers Scaër, il remarqua un nuage de poussière le long d'une route de campagne. Il s'en approcha. Il s'agissait d'un groupe de véhicules agricoles travaillant à l'ensilage de céréales.

Le pilote décida de balayer à nouveau la zone située entre la ligne de battue et le grand champ de maïs. Les bénévoles n'avaient encore rien remarqué et les agriculteurs non plus. Il fallait espérer que

Jamie soit quelque part entre les deux. Comme il l'avait indiqué, et après en avoir informé le contrôle aérien, Landowski se mit à décrire des cercles concentriques au-dessus de la campagne. Pourvu que Jamie.

Un tour. Puis deux. Trois…

Et tout à coup, Jim le vit !

— Il est là, le gamin, Lando, il est là !

— Où ?

— De mon côté, à l'orée du champ. Il est à la limite des arbres. Il observe l'avion comme tu l'as dit !

— Jette des fanions ! Vite !

Jim en laissa tomber trois.

— Je le vois courir. Il va vers les jalons. Tu peux pas te poser là ?

— Non. On n'est pas en procédure d'urgence et le terrain n'est pas bon. C'est un coup à bousiller le zinc ! Je repasse au-dessus de la battue pour indiquer le chemin.

Justement un groupe mené par Ange s'approchait de la parcelle. Avec les battements des ailes, l'officier de police comprit que les éclaireurs du ciel avaient vu quelque chose.

— C'est bon, dit Jim. Ils pressent le pas. Pourvu que le gamin ne file pas à l'anglaise !

Landowski manœuvra pour repasser au-dessus des arbres du talus et redevenir visible pour Jamie puis il traça quelques évolutions simples pour attirer le regard du jeune garçon. Et surtout l'empêcher de disparaître à nouveau.

— Il s'est assis pour regarder, dit Jim en s'agitant sur son siège. C'est gagné, Lando. C'est gagné !

Landowski sentit tout à coup l'inquiétude s'estomper. Il remit le cap sur l'aérodrome. Il avait encore fait son travail. Tout simplement.

De leur côté, les bénévoles envahissaient le champ moissonné. Marina courait vers son fils, suivie de loin par Ange peu habitué à écraser les mottes. Plus loin derrière, les participants ne se pressaient plus. Ils avaient décidé d'offrir un moment d'intimité à la maman retrouvant son fils.

— Mon Jamie, Mon Jamie ! dit-elle en serrant le gamin dans ses bras.

Ange s'était arrêté pour regarder la scène de retrouvailles. De quoi lui arracher une petite larme.

Il est où le bonheur ?

Il est là !

XXI

— Eh dis Lando, lança Jim goguenard, elle t'a serré un peu fort pour te remercier ta protégée !

Les trois policiers étaient en terrasse.

— Tu les attires, ma parole ! renchérit Ange. Dès qu'il y a des barjos dans un secteur, ils ont toujours envie de te faire bosser ! Avec ceux-ci, tu aurais pu mettre le holà bien avant non ?

— Disons que j'avais encore envie de m'amuser. Je voulais aller au bout du bout. Quand Marina a commencé à me mentir, j'ai tout de suite voulu savoir pourquoi ! J'ai suivi de loin en loin. Malbecques a eu ses vapeurs. Je vous ai mis tous les deux sur le coup et…

— Tu mets une pièce dans la machine et c'est parti !

— Le silence du bras droit posait question. Fallait une très bonne raison pour qu'il se taise à ce point. Seuls, les habitués y arrivent.

— Bien, le père de famille. Voulait sauver la sienne !

— Du coup les autres ont tourné autour et mis la pression. C'était sans compter sur Marina.

— Elle l'aurait tué le mec du TGV ?

— Je pense, dit Landowski. Elle voulait la libération de son mari mais aussi la punition pour les autres ! Elle n'avait plus d'autre choix. Elle était prête, et armée, pour la suite.

— Tu n'as pas cru au vol plané de Madame ?

— Non, les Amaindry étaient dans le cercle. Au centre, y avait les diam's ! L'épouse a merdé avec Jamie. Son mec te l'a renvoyée dans les cordes. Il a compris qu'elle devenait un danger pour lui.

— Pourtant il avait prévu le coup en s'appuyant sur sa secrétaire !

— Acculée, sa femme n'aurait pas été de taille à résister. Il a préféré anticiper.

— Et ça l'arrangeait bien pour Marina ! ajouta Ange.

— Avec des félicitations pour avoir retrouvé le gamin chez lui. Preuves dans la voiture de la ravisseuse, témoignage de l'enfant. Jamie ne l'avait pas vu. Il aurait été son sauveur. Tout sur sa femme, médaille pour lui !

Landowski hocha la tête.

— Amaindry est un sacré loulou ! Son activité de négoce de pierres lui est montée à la tête. Il a tiré sur la corde sensible de sa femme en mal de gamin et combiné son affaire. Ils partiraient tous les trois avec beaucoup d'argent.

— Sa femme a vraiment gobé ça ?

— Elle y a cru parce qu'elle voulait le croire ! Il a dû lui vendre un plan plus ou moins plausible !

Landowski but une gorgée de café et continua :

— D'abord monter le casse. Il a envoyé sa femme sur place, lui, restant en arrière pour lui servir d'alibi. Léopold a trouvé du monde. Ils se sont pointés à l'hôtel du collaborateur. Il a eu peur pour sa famille et il a accepté de dessiner le plan. Le lendemain, pris de remords, il a voulu faire capoter le casse et il a reprogrammé la sécurité.

— Et les cailloux ? demanda Jim.

— C'est lui qui plaçait le sachet dans le tiroir. Soit il les a laissés et c'est quelqu'un d'autre qui s'est servi soit, il a été en position pour les emporter avec lui !

— Pour sa pomme ?

— Je n'en sais rien. Lui non plus à ce moment-là. Le casse a échoué mais les Amaindry ont voulu retrouver leur bien. Ils ont impliqué leur employé pour désigner un coupable. Ensuite ils ont mis la pression sur Marina, Rosie et leur mère en envoyant le dernier larron. Ils se sont occupés de Léopold pour voir s'il ne les avait pas dupés. Avec le père de Jamie peut-être d'ailleurs. Recherche tous azimuts !

— Et Marina a pris la mouche ! dit Jim.

— Elle a décidé de rendre les pierres qu'elle n'avait pas et donc de liquider le mec.

— Et Florence Amaindry l'a devancée, laissa tomber Ange.

— Elle n'avait pas confiance. Elle a dû penser que son acolyte allait la doubler. Elle s'est rendue au rendez-vous et elle a mis un terme à leur collaboration pour faire table rase. Constatant qu'elle avait fait chou blanc, elle est passée à la vitesse supérieure en enlevant le gamin.

— Deux nénettes qui s'affrontent ! Super combat ! dit Jim.

— Mais Florence Amaindry n'avait pas oublié son projet !

— Elle a bêtement cru qu'ils allaient disparaître ! dit Ange. Et tant pis pour les pierres !

— Amaindry, continua Landowski, avait un autre plan en tête. Pour les diam's, il négocierait avec le détenu. Restait uniquement sa femme comme témoin de l'affaire.

— Elle allait donc avoir un accident ! dit Jim en s'agitant.

— Il s'est bien débrouillé, reprit le commissaire. Il a rejoint sa femme dans sa chambre.

— Après un moment comme ça, on ne zigouille pas sa partenaire ! dit Jim.

— Amaindry a profité de la panne du plafonnier et hop ! conclut Ange.

— Bien joué, Callaghan ! lança Landowski. On n'a pas pu le mettre en cause avec son ADN on devine pourquoi ! Il allait donc se tirer d'affaire. Sauf que j'ai pensé à la secrétaire. Elle m'avait dit qu'elle avait succédé à Marina.

— Succédé même ? demanda Jim en fronçant les sourcils.

Landowski plissa les yeux.

— C'est sur cette piste que je suis reparti en campagne. J'ai eu besoin de leur collaboration à elles deux pour coincer Amaindry. Elles ont joué le jeu mais pas pour les mêmes raisons. Il fallait que je détourne les soupçons ailleurs pour le remettre en confiance. La porte était très étroite.

— Et tu es passé ! dit Ange tout sourire.

— Quand j'ai attaqué Marina lors de l'entretien, il a cru qu'il sortait du cercle. Sa femme allait porter le chapeau. Son adjoint serait qualifié de complice et, lui, il pourrait continuer ses petites combines et se rapprocher de Marina. Elle aurait besoin d'un protecteur. Mais…

— Sa secrétaire a foutu son alibi en l'air ! anticipa Ange.

— Il a cru à sa bonne étoile mais son château de cartes s'est écroulé. Ensuite, on a joué sur du velours ! Il n'était plus le même. Il était fini. Il a avoué l'organisation du casse, l'implication de son collaborateur, le meurtre au bord du canal et celui de son épouse. Un sacré manipulateur qui fait son marché, prend, profite et jette. Un mec à fuir d'urgence !

— Et les diams' ?

Landowski soupira.

— Seul, l'époux de Marina pourrait nous dire où ils sont ! Seulement peut-être, parce que personne n'a la preuve qu'il les ait retirés de l'enveloppe avant de refermer la salle sécurisée !

— Florence Amaindry alors ?

— Elle a pu les cacher pour les récupérer plus tard. Son mari aura tout le temps pour réfléchir à tout ça. Les nuits de détention sont plus longues que les jours !

— Il n'aura personne pour lui envoyer de colis !

— Son dévoué collaborateur peut-être s'il a les bijoux !

— Dans ces coups-là, la gratitude ce n'est que dans les romans !

Une berline remonta le chemin et s'arrêta devant le portail. Les trois amis se retournèrent. Le chauffeur vint ouvrir la porte arrière et Lorraine sortit du véhicule tandis que le conducteur sortait les bagages du coffre.

L'instant d'après, la magistrate s'annonça en terrasse, accueillie par Landowski qui se tenait sur le seuil. Ensemble ils s'approchèrent de Jim et d'Ange qui se levèrent lentement.

— Bonjour les garçons. On ne s'en fait pas à ce que je vois !

— On a bossé, répondit Jim. Là on est en week-end !

— Vous êtes les bienvenus mais ne me laissez pas la salle de bains dans le même état que la dernière fois, hein !

La patronne était de retour !

ÉPILOGUE

— Tu crois qu'ils sont par-là ? demanda Marina.

— J'ai laissé tomber le sachet au pied du pont ! dit Jean. Je les ai mis dans la pochette de tes slips neufs. Celle avec des points roses. Je n'avais rien d'autre sous la main.

Le couple pataugeait au bord de l'étang, à l'endroit où Jean s'était rendu aux gendarmes.

— Pourquoi t'as fait ça ? demanda Marina.

— J'étais au courant du trafic. C'était ma garantie.

— Et maintenant ?

Jean ne répondit pas. Il tentait de libérer sa jambe gauche de la vase accumulée près de la pile du pont. Marina n'insista pas. En face, en contrebas de la voie de chemin de fer, un homme en noir les observait avec des jumelles rivées sur les yeux.

Landowski.

Puis le soleil se mit à jouer avec les vaguelettes que le couple créait en se déplaçant. Tout près du petit chenal, un rayon transperça la surface. Des scintillements furtifs répondirent aussitôt. Du blanc, très vif et du rose, un peu.

Diamonds are forever !

Les diamants sont éternels !

FIN

Keruchen, 20 octobre 2017

125, Vieille Route de Rosporden - 29000 Quimper
E-mail : contact@editionsalainbargain.fr
Site Internet : www.editionsalainbargain.fr

ÉDITEURS DE BRETAGNE

Dépôt légal n°9 - 4e trimestre 2017
ISBN 978-2-35550-238-5 - ISSN 1281-7813
N° d'impression : 711415
Imprimé en France